图书在版编目（CIP）数据

魔法公主夏薇薇：海螺里的王妃 / 顶猫的小姐文；蜜桃老师图. —北京：化学工业出版社，2020.2
ISBN 978-7-122-35841-7

Ⅰ.①魔… Ⅱ.①顶… ②蜜… Ⅲ.①儿童小说-长篇小说-中国-当代 Ⅳ.①I287.45

中国版本图书馆CIP数据核字（2019）第278184号

MOFA GONGZHU XIAWEIWEI：HAILUO LI DE WANGFEI
魔法公主夏薇薇：海螺里的王妃

责任编辑：隋权玲　　　　　　　　　　封面设计：普闻文化
责任校对：宋　玮　　　　　　　　　　美术编辑：尹琳琳

出版发行：化学工业出版社（北京市东城区青年湖南街13号　邮政编码100011）
印　　装：三河市延风印装有限公司
710mm×1000mm　1/16　印张10¼　2020年7月北京第1版第1次印刷

购书咨询：010-64518888　　　售后服务：010-64518899
网　　址：http://www.cip.com.cn
凡购买本书，如有缺损质量问题，本社销售中心负责调换。

定　　价：28.00元　　　　　　　　　　　　　　　　　　版权所有　违者必究

少女的心愿倘若不能遇见那最美的结局，
在难过的那一刹那，请看看身边，
是不是有一双充满善意的眼睛，默默地注视着你，
是不是有一双温柔的手，轻轻地帮你拂去脸上的泪光。

- 第1章 公主的决心

  魔术师的隐忧 /002

  黑蝴蝶少年的坦白 /012

- 第2章 沙漠女神思嘉

  蜥蜴怪兽 /024

  落选的圣女 /034

- 第3章 夏薇薇的赌约

  五彩头绳 /042

  公主的作战计划 /048

- 第4章 成长的历练

  沙漠龙卷风 /058

  绿洲奇遇 /066

目录

- 第5章 艾普丽的心愿
  燃烛噬命 /078
  豪华宫殿 /087

- 第6章 雪山银狐
  虹玳之心 /100
  冰山隧道 /107

- 第7章 绝世妖娆
  换心之法 /120
  皇室之谜 /130

- 第8章 戴着面纱的奇怪女子
  迷雾森林 /142
  恶魔公主露娜现身 /150

第 1 章
公主的决心

🎭 魔术师的隐忧
🎭 黑蝴蝶少年的坦白

【出场人物】
卡迪娜王妃，植安奎，林沐夏，达文西，夏薇薇，
雨声，野栗恩，曼耶华

【特别道具】
海洋之眼

魔术师的隐忧

白雾缭绕的彩虹之穹,美丽的卡迪娜王妃对着摇篮唱着催眠曲,她的脚边卧着一只通体雪白的银狐。

"小公主真乖,小嘴红得像人间怒放的蔷薇花。"卡迪娜伸手刮着摇篮里婴儿的小鼻子。

咯咯咯……婴儿银铃般的笑声顿时荡漾开来。

银狐睁大琥珀色的眸子,它真好奇小公主到底是什么宝贝,竟然让卡迪娜王妃如此珍爱,而且到了寸步不离的地步。

它刚想跳到摇篮上看个究竟,就被卡迪娜王妃制止了:"你不可以跳上来,会吓着她的。"

银狐发出受伤的呜咽声,用长长的尾巴捂住双眼。卡迪娜王妃就这么宠着这位新诞生的小公主,连让它看一眼都不愿意吗?

夏薇薇看着眼前的幸福画面,一丝不经意的笑容绽放开来。

她那时候多么小啊,妈妈又是多么温柔啊!

她刚刚想发出声音呼唤妈妈，忽然，白雾打了个漩儿，变得越来越浓。眼前的画面一点点变淡，接着就什么都看不清楚了。

"妈妈，你别走，我就是夏薇薇，我就在这里！"夏薇薇着急地喊着，无头苍蝇似的四处奔跑寻找。

空气剧烈翻滚起来，恐怖的吼声凌空发出："夏薇薇公主殿下，'蔷薇劫难'并未解除，黑钻就要吞噬你的心，死亡一点点朝你逼近。可悲的是，你的妈妈永远不会来找你！"

她吓得心惊胆战，转身想要逃走。

一双枯槁的大手骤然在她眼前放大，掌心恰好对着她的心脏，黑色的弯钩指甲锋利可怖！

"救命！"夏薇薇猛地腾起身子，惊出满身冷汗。黑色的长发凌乱地披散在肩膀上，满脸都是豆大的汗珠。

阳光隔着米色的蕾丝窗帘射进来。她揉揉眼睛，环视四周，植安奎和林沐夏都不在卧室里。

她心里一阵凄惶，已经不知道是第几次做这样的梦了。

妈妈不是说了要来米尔大庄园里看她吗？为什么还不来？她好怕生命所剩不多，和妈妈连最后一面都见不到了。

大理石喷泉下，穿着白色衬衫的男生垂着头静静地坐在那里。

喷泉里溅起的水花在阳光的照耀下像跳舞的精灵，在男生身边绽放开来。

男生的五官精致得无可挑剔，刀削斧凿般的侧脸帅气得让人挪不开视线。他的身体里，流淌着世界一流魔术师的血液。此时，他的眉头紧紧地拧在一起，黑亮的眸子深不见底，凝重又痛苦的神情让人捉摸不透。

喷泉旁边不断枯萎的蔷薇花让他忧心。蔷薇劫难的征兆越来越明显，过不了多久，守护夏薇薇的蔷薇花神就会干枯，夏薇薇也会跟着幻灭。明明知道待在这里只是死路一条，但她认准了就是不肯离开。

"植安奎，你不进去看看她吗？"另一个帅气的褐色头发的男生朝着植安奎缓缓走了过来。说话的人穿着浅灰色的薄羊毛衫，双手斜插入休闲裤的口袋里，澄澈的眼睛里带着一丝担忧，有些无可奈何地问道。他看着夏薇薇进入了梦乡，才出来透透气。

"那个丫头！她为什么这么任性？她明明知道这么拖着是不会有任何进展的！沐，这次我就算绑也要把她给绑走！"植安奎再也忍不住了，他握紧双拳，眼底涌动着一抹极不甘心的神色，迈开双腿就要往大厅的方向走。他曾经在巴黎让埃菲尔铁塔"消失"，对于这样厉害的少年魔术师来说"打包"带走一个臭丫头真是小菜一碟。

蔷薇劫难没有被解除，来自"彩虹之穹"的蔷薇公主夏薇薇的身体每况愈下。可是她坚决要在米尔庄园里养病，就是不肯去世界各地寻求治疗的方案，任凭大家怎么劝说都没有用。这让看着她一天天虚弱下去却无能为力的植安奎很窝火。

"我想夏薇薇留在这里是有原因的吧？"林沐夏闭了闭眼睛，若有所思地看着暴怒的植安奎。风拂过沐那柔若丝绸般的头发，眉眼间化不开的忧伤让人怜惜。

植安奎停下脚步，他迅速转身看着林沐夏，目光炯炯地盯着他的脸，语气很急切地问道："什么原因？"

如果可以得知夏薇薇的心事，那他就可以对症下药，劝说她离开这里了。

"是一个约定，她坚信她的妈妈卡迪娜王妃会与她在这里会面。"

林沐夏已经怀疑这件事情很久了，夏薇薇总是会问他有没有人来看望她，每次得知没有人来，就会忍不住露出很失望的表情。而她又十分要强，总怕人看出来她难过，极力伪装出一个笑脸，那个表情最让人心痛了。

她在等妈妈，虽然她嘴上不说，但是林沐夏心里明白。

"就算那样,也不能延误治病啊,她跟妈妈以后有很多机会见面的!"植安奎听了更加生气了。他们待在米尔庄园这么久了,根本连她妈妈的影子都没有见到,只有夏薇薇这个死丫头才那么傻,居然一直在等这个不曾实现的约定!

"我想……"林沐夏痛苦地摇摇头,低声说道,"她对治病不抱任何希望了,只想在生命结束之前见她妈妈一面,所以才像抓着救命稻草一般分秒不敢离开这里。"

"她……"植安奎气坏了,他的心骤然痛了一下,夏薇薇怎么可以这么傻呢?他是蔷薇公主的守护者啊!就算要他付出一切,他都要好好地守护她的!偏偏她自己却先要放弃了。

"植安奎,林沐夏……不好啦!"

大厅里突然发出一阵刺耳的尖叫声,一时半会儿很难分辨清楚是男是女。

是的,发出尖叫声的人,自然是人见人爱、花见花开、车见车载的达文西叔叔啦!

在那声杀猪般的尖叫发出之后的三秒钟内,植安奎和林沐夏互相看了对方一眼,立刻狂奔回到了大厅里。

"发生了什么事?"植安奎比林沐夏先跑到达文西住的卧室,他一脸警惕地看着脸色苍白的达文西,皱眉问道。

无论发生什么事,他都不应该这样尖叫,会吓坏夏薇薇的。

"水晶球……不见了……"达文西双臂发抖地捧着一个空荡荡的木匣子,一脸惶恐地看着植安奎。

"呼……呼……什么?!"随后赶到的林沐夏弯腰扶着门框,气喘吁吁地问道。

如果水晶球丢了,他们该怎么去黑沙漠帮助夏薇薇寻找解药啊?事情真是越来越棘手了!

"我不知道是什么时候丢的。刚刚我找不到镜子,想借水晶球看看我这套新款女装好不好看。人家是想穿给小夏薇薇看，逗她开心的。可是，我刚刚一打开却发现……匣子里竟然什么都没有，呜呜……这下可糟糕了……"达文西哭丧着脸，手忙脚乱地比画着，把匣子翻了个底朝天。

忽然，一片浅蓝色的鱼鳞从匣子里缓缓落到地面上，发出微弱的水蓝色光芒。

大家都注意到了这与众不同的小亮片，十分惊奇地围了上去。

林沐夏弯下腰，将鱼鳞小心翼翼地捡起来，放在眼前仔细端详着。

> 蔷薇花枯萎的时候，悲剧又要重演，
> 我们鲛族人该何去何从，可怜的孩子们，
> 泉眼再次干涸，斯卡汀娜，塞涅卡，
> 感激有你们同在……

光影在蓝色鳞片的表面交织着，似有似无的歌声传来。

林沐夏褐色的眸子顿时颤抖了一下，语带惊奇地说道："这种蓝色的鳞片，难道不是只有东海的鲛人身上才有的吗？"

"不会吧！他们不是有一对夜明珠了吗？干吗还要打水晶球的主意？"达文西听了，十分生气地埋怨道，"莫非他们贪心不足，想找个备胎？实在太过分了！"

植安奎一言不发，他的脸色很难看，咬牙切齿地盯着林沐夏指尖的蓝色鱼鳞。他揉了揉太阳穴，想让那不知从哪里钻进脑子的歌声消失。鲛人这样做难道是想要置夏薇薇于死地吗？鲛人们明明知道没有水晶球，他们一行人根本无法走出黑沙漠！水晶球是在黑沙漠里用来照明的唯一工具啊！

"你怎么看？"林沐夏转向植安奎问道。

"鲛人无法在地面上呼吸。可以在我们丝毫感觉不到的情况下偷走

夜明珠的只有一个人，那就是半人半鲛的曼耶华！"植安奎语速很快地把话说完，他的怒火直往头上冒。虽然之前就感觉到曼耶华对夏薇薇有偏见，但是他没有想到曼耶华竟然想间接杀掉夏薇薇。

"曼耶华太不够意思了，做事一点都不光明磊落。要是让我看见他，一定要把他大卸八块，炖成鱼汤！"达文西气哼哼地骂道。

植安奎的脸色更加阴沉了，看来他有必要亲自到东海跟曼耶华较量一次。

他从林沐夏的手里拿过蓝色鳞片，紧紧地攥在手心里，顿时感到一片冷意。

"哎呀呀，这件事情我要告诉夏薇薇，她还跟鲛人王妃雨声交什么朋友嘛！鲛人根本就不怀好意。"达文西跳着脚，说着就要往夏薇薇的卧室里冲。

"等一下。"林沐夏在他身后着急地制止道，"你的裙子拉链没有拉好。"

达文西一听，立刻止住脚步，急切地看着林沐夏说道："那你快帮帮我啊，最近饮食上没注意，腰都粗了一圈，人家辛苦定制的时装都穿不上了。"

林沐夏连忙走过去帮他拉拉链。

植安奎有些无语地看着眼前的场景，心头忽然掠过一丝不安：大家都在达文西的卧室里，夏薇薇那边根本就没有人守护！

想到这里，他的心不由地咯噔一下，连忙朝着夏薇薇卧室的方向疾步赶去。手心里的蓝色鱼鳞发出的阵阵寒意让他更加心神不宁。

然而，他还没有走到夏薇薇的卧室，就闻到一股奇怪的海腥味。植安奎心里一沉，直接驱动魔法，在一片白光中瞬移到了夏薇薇的房间里。

粉红色系的屋子中央正涌动着一股巨大的璀璨蓝光，乍一看，像是燃烧的冷蓝火焰，里面隐约可见一位衣袂飘逸的女子。

铛——

金属强烈碰撞的声音响过他的耳畔，两把闪着白光的利刃已经架在了植安奎的脖子处，墙壁旁齐刷刷地站着一排虾兵蟹将，阵势很大。

"住手，他是我的朋友！"蓝光中响起一个极为清脆熟悉的声音。植安奎看见蓝色光波中，一个极美的女子对着他伸出手。

植安奎脖子边的利刃撤走了。

"呼，吓我一跳，植安奎，你怎么突然闯进来了？雨声特意来看我啦！"夏薇薇把怀里的棕熊放到一侧，双膝跪在床上，有些激动地看着植安奎。苍白的脸上浮现出好久不曾见到过的幸福笑容，半带嗔怪地说道。

这段时间，植安奎这个大魔王一直不来看她，见到她的时候也是一副冷冰冰的模样，她以为自己又哪里得罪了这个臭脾气的家伙。不想，她今天正想到他，他就突然出现了。

雨声来了？

植安奎的瞳孔骤然缩紧，他注意到房间里那抹蓝色光波其实是类似于一种钻石类的结晶。因为它凝结了大海的灵气，所以看起来光彩夺目。

"植安奎，好久不见了。"他正思考着，雨声已经缓缓朝他走来，巨大的蓝色晶体也跟着她一起移了过来。

他额前的头发被一阵凉风吹起，空气顿时变得十分清爽洁净。

呵……植安奎顿时明白了，难道眼前的晶体就是传说中的"海洋之眼"？它是东海的宝物，可以让鲛人在陆地上呼吸。鲛人借助它的保护，便可以自由行走，如入无人之境。透过它所凝结出的蓝色光波，鲛人就能看到陆地上的万事万物。因其珍贵难得，所以被命名为"海洋之眼"。

看来曼耶华很在乎他的妻子，竟然舍得让她带着"海洋之眼"来到地面上。

"好久不见。"植安奎冷冷看了一眼雨声，她应该知道曼耶华做了什么吧？偷走了夏薇薇用来治病的夜明珠，她现在还好意思来假惺惺地看望夏薇薇！

果然，雨声在与植安奎目光相对时，眸子明显心虚地避开了。

"植安奎，来这边坐。刚刚雨声给我讲了好多趣事，我心情好多了。"夏薇薇似乎没有意识到屋子里怪怪的气氛，她笑着拍拍床沿，示意植安奎坐过来。

傻瓜，笨蛋，臭丫头！

植安奎在心里暗自骂了夏薇薇几声，她还不知道自己的好朋友正偷偷伤害着她，还开心得跟朵小花儿似的。

他用威慑的目光看了一眼雨声，在夏薇薇身侧坐下。

"林沐夏和达文西呢？今天晚上我们吃大餐吧，雨声给我们带了好多海鲜，大家都有口福了。"夏薇薇一边开心地说着，一边下床穿拖鞋。

植安奎怕她摔着，忙伸手扶住她的手臂。看着她那张兴奋的小脸，植安奎决定先不把曼耶华的事情告诉她，以免惹她伤心。

"夏薇薇，你先去找林沐夏他们，我想跟雨声殿下聊聊。"

"好的，那我先去告诉他们好消息。"夏薇薇冲植安奎甜甜一笑，乖巧地点点头，一双清澈透亮的大眼睛又朝着雨声看去，手指抚上蓝色的"海洋之眼"道："雨声，不要担心，我一定找达文西要几颗水滴子，让你可以在地面上自由呼吸，这样比用'海洋之眼'还方便呢。"

"谢谢。"雨声伸出手指对上夏薇薇的手，宠溺的目光盯着夏薇薇的脸，十分温柔地说道。

雨声的双腿已经完全蜕化成鲛人的鱼尾，一头飘逸的淡紫色头发在蓝色光波里柔柔地摇摆荡漾，明眸皓齿、低眉浅笑的姿态更是美得宛若虚幻。

忽然，门口传来"哎哟"一声痛苦的呻吟。

夏薇薇身体太弱，心情激动，跑得太急，结果一不小心跌倒在了门口。

植安奎心里惊了一下,他连忙站起身要扶起她。

"不要过来!"不想夏薇薇竟然迅速伸出右手挡住了植安奎,她左手紧紧抓住胸口的衣领,努力稳住呼吸。接着手指十分吃力地扶住门框,双腿发颤地站了起来。

植安奎呆立在原地,看着夏薇薇额头上大滴大滴的汗水,心好像被锥子扎着一般痛——这个笨蛋,她已经虚弱到连奔跑都成问题了吗?

"抱歉,我最近笨手笨脚的,不过摔倒了就是要自己站起来,我没问题的!"夏薇薇转过身,一脸尴尬地看着大家,嘴角噙笑,信心十足。

看着夏薇薇倔强又孱弱的背影,植安奎骤然握紧双拳,夏薇薇越是强装坚强,他的心里就越难受。可是她要受的罪,没有人可以代替她。

夏薇薇的卧室里只剩下雨声和植安奎两人。

"对不起,我无法说服曼耶华殿下,只好亲自来赔罪。"植安奎还没有开口,"海洋之眼"里的雨声匍匐在地,十分愧疚地哭了起来。

植安奎惊了一下,他神色复杂地看着雨声,语气冰冷又愤怒地确认道:"是曼耶华偷走了夜明珠?!"

"是的,他坚信夏薇薇就是当初背叛鲛族人的斯卡汀娜,害得鲛族人生灵涂炭。殿下他无法原谅夏薇薇,任凭我怎么劝说都没有用。"雨声哽咽着,晶莹的泪珠不断从她的眼角滚下来。

当雨声看到曼耶华把水晶球带回王宫时,她别提有多么惊讶和难过了,可是曼耶华是极为跋扈的人,根本就不听她劝。

"斯卡汀娜是前任鲛王塞涅卡的王妃,那个时候夏薇薇还是几岁的孩子,她们怎么可能是同一个人?"植安奎越发觉得离谱,曼耶华用这个荒诞的理由掩饰他的目的也实在太蹩脚了。

"殿下说夏薇薇跟斯卡汀娜虽然年龄有别,但长相确实是一模一样。即使夏薇薇不是斯卡汀娜,但也一定脱不了干系。他想利用夏薇薇引出斯卡汀娜。植安奎,我真的不想夏薇薇出事。当初在我施展'成鲛术'

时，要不是她在我身边一直陪着我，鼓励我，我甚至都不知道能不能坚持下去……"雨声的手指用力地交织在一起，她浸满泪水的眸子盯着植安奎，乞求原谅。

"这些话你应该跟夏薇薇讲，而不是我！或者如果曼耶华真的关心你，你该去告诉他，夏薇薇对你有多么重要！"植安奎生气地看着雨声。纵然他知道这一切跟雨声无关，但他就是忍不住要发怒。

"我……"雨声一下子被植安奎给堵了回去，她吃惊地睁大眼睛，一句话都说不出来。

"如果你不敢说，那我亲自去找他！"植安奎更加用力地握紧了手里的蓝色鱼鳞。有这个证据在，曼耶华一定无法抵赖。

"呵，你们都忘记了我的存在吗？"

一个极为冷漠的声音打破了屋子里紧张的气氛！

黑蝴蝶少年的坦白

一道黑色的光像利刃一样刺入屋内，逐渐幻化成一个单薄的少年模样。

野栗恩穿着黑色的短斗篷，环着双臂出现在植安奎面前。

几个月不见，这个从前在波涛汹涌的暗夜之河上替暗夜统治者狄奥多西划船的神秘少年，似乎又变得干练了许多。他那双紫色的眸子比以前更加犀利了，而他的身形也更加单薄，像纸片似的。

"野栗恩，你来做什么？"植安奎皱眉看着野栗恩。他不是不欢迎他来，只是每次他现身都一副拒人于千里之外的感觉，好像不认识大家似的。

"为了防止你冲动去找曼耶华！"野栗恩也不依不饶，他潜伏在这里已经有一个多月了，没想到植安奎一行人竟然是乌龟速度，一直都不向黑沙漠进发。现在又要去找曼耶华吃回头草，简直可恶！

他径直走到雨声面前,语气鄙夷说道:"亏你是鲛人的王妃,却没有斯卡汀娜一丝一毫的坚强,遇到事情只知道哭!"

"对不起。"雨声被骂得满脸涨红,扭头把眼泪憋回去,不敢再哭了。

植安奎看着眼前的一幕,虽然野栗恩无礼了些,但是他的话还是很解气的。

"大家都知道,当初天界为了惩罚鲛人女子阿曼达,布下惊雷打碎了鲛人用来呼吸的泉眼。在鲛人万劫不复之时,一个神秘的女人主动嫁给已经有妻子的鲛王塞涅卡。据说她出身高贵,倾国倾城的容颜世间绝无仅有。她带来的一对夜明珠,可以供鲛人呼吸存活——她就是鲛人王妃斯卡汀娜。同时她为人非常冷漠,几乎不跟鲛人亲近,整日整夜地住在一个蓝色的大海螺里。这位冷艳的王妃,平日做得最多的事就是唱歌。她的歌声特别美,让很多富有才情的鲛人都自叹弗如。"野栗恩靠着门框,轻描淡写地讲着这个古老的故事。

"野栗恩?"夏薇薇已经领着林沐夏和达文西站在了门口。

她注意到雨声挂满泪痕的脸和植安奎严肃的神情,再看看一袭黑衣打扮的野栗恩,心情顿时紧张起来——不到万不得已,野栗恩是不会出现的。

"啊——"达文西的尖叫声再次响起,"我……我是见鬼了吗?野栗恩,你不是变成一只黑蝴蝶,和那个老鲛王一起'噗'的一声消失在海水里了吗?怎么回事呀?你还活着?"

"呵,你们来了正好,现在谁都不要插嘴,也不要问我为什么,听我把事情讲完。"野栗恩瞪了达文西一眼,接着抬起眼睑冷冷地环视了大家一圈。

"臭小子,凶什么凶?"达文西噘起嘴巴不满地嘟囔。

"达文西,听他说完。"植安奎说道。

"斯卡汀娜虽然名义上是塞涅卡的王妃,但是她个性孤僻,从来未跟鲛王真正在一起过。塞涅卡的妻子是人类伊丽丝,他们有一个儿子曼耶华。尽管如此,伊丽丝从来没有得到过鲛人王妃的位置,她的地位一直是尴尬的,包括去世后,都未曾被列入鲛族人的族谱里。"野栗恩语气平淡地说道。

"你说的这些我们都知道,可是斯卡汀娜跟夏薇薇又有什么关系?"植安奎凝神听完野栗恩的讲话,一语中的。

野栗恩白了植安奎一眼,难道他讲话就这么没重点吗?他明明讲得有条不紊的嘛。

"伊丽丝没有鲛人长寿的特质,她会一天天变老,'成鲛术'就是她发明的。但是当她偷偷使用危险的成鲛术时,却被斯卡汀娜发现,斯卡汀娜斥责了她一顿。伤心欲绝的伊丽丝很想得到鲛王塞涅卡的安慰,没想到的是,在这个时候她恰好看见了高贵又不可一世的塞涅卡跪在了斯卡汀娜的蓝色海螺前,虔诚地磕头跪拜。斯卡汀娜像是没看见一般,只是兀自唱着歌。同样是鲛王的妻子,却受到不公平的待遇,伊丽丝无法忍受。于是她做出了一个决定,偷走了鲛人赖以呼吸的那对夜明珠,并且将它们卖给了暗夜之河上的摆渡人——暗夜统治者狄奥西多,换取永远不老的生命和绝世的容颜。"野栗恩说完后不由得长舒一口气,果然,这次他在植安奎脸上毫不费力地找到了"认真凝听"的表情。

"啧啧!女人间的妒忌真可怕呀!伊丽丝不如斯卡汀娜得宠,就想了歪主意!"达文西捧着心口感叹说。

"我刚刚说过我讲话的时候不要随便插嘴。"野栗恩十分不悦地看着达文西。

"砰"的一声,达文西瞬间栽了个狗吃屎!

"你没事吧?"夏薇薇吓了一跳,连忙跑过去扶他。

"痛——"达文西疼得直冒冷汗,他指着同样一脸错愕的野栗恩大声骂道，"臭小子，我就算打断了你的话，也不至于这么害我啊……呜呜……好痛！"

植安奎静静地注视着摔倒的达文西，如果他刚才没有看错的话，有两道蓝色的光波从"海洋之眼"里迅速扫出，精准无误地打在了达文西的膝上，害得他狠狠摔了一跤。

是有人蓄意而为之！

如果不是雨声的话，那么发出这种暗器的只可能是另一个人！

"呵，你不要血口喷人，是自己没看路吧。"野栗恩怒目瞪着达文西，他刚刚什么都没有做，不过隐约感觉到有两道寒气从身旁掠过，只是注意力没集中，不知道那寒气是从哪里发出来的。

植安奎扫了一眼屋子里颜色越发浓郁的蓝色光波，如果他没记错的话，"海洋之眼"跟鲛王应该是有感应的。

植安奎迅速走到达文西身边，驱动红宝石之光帮他消除伤口的疼痛。

"没想到大魔术师也有如此温柔的一面，好感动。"达文西十分花痴地看着正在帮他处理伤口的植安奎，头顶上冒出了无数个红色桃心。

植安奎没有理会达文西，他瞟了一眼夏薇薇苍白的小脸。只见她十分紧张地注视着达文西，好像伤到的不是达文西，而是自己一般。

夏薇薇还有工夫担心达文西啊？她自己已经是泥菩萨过河自身难保了。

"野栗恩，请你继续说下去。"植安奎站起身来，转身对着野栗恩说道。

"咳咳。"野栗恩清了清嗓子，继续说道，"伊丽丝偷走了夜明珠之后，鲛人出现了大规模的窒息死亡。很多鲛人都匍匐在斯卡汀娜的脚下，希望她施以雨露，拯救鲛人。可是令鲛人们万万没有想到的是，斯卡汀娜却在这个时候离开了东海。鲛人们也发现了一个惊天秘密，斯卡汀娜并没有鲛人的鱼尾，她有的是人类的双腿！这让鲛族人更加无法原谅，同样是人类并且诞下继承人的伊丽丝没有王妃的地位，临阵脱逃的斯卡汀娜却拥有至高无上的地位……也是从那个时候起，鲛人开始将被毁灭的恨与对斯卡汀娜不顾鲛人死活的怨交结在一起。"

"可是，这个故事……跟我们有什么关系？"夏薇薇忍不住问。

野栗恩停止了讲述，冷冷的眸子看向发问的夏薇薇。

最后，还是他打破了鸦雀无声的沉闷，一字一顿地说："因为——你长得跟斯卡汀娜太像了。鲛人以为你们是同一个人。"

这句话一石激起千层浪，众人顿时七嘴八舌起来。

"什么？怎么可能？小夏薇薇怎么可能是一个老女人？"达文西哇哇大叫。

"鲛人有没有脑子？夏薇薇不可能是斯卡汀娜！一百万个不可能！"植安奎说。

"等等，各位，根据野栗恩说的，那么害鲛人失去夜明珠的人并不是斯卡汀娜王妃，而是伊丽丝！"林沐夏有些吃惊地说道。

林沐夏的话刚刚说完，一道蓝色光波急速朝着他的膝上飞了过去。

植安奎眼尖手快，他极为敏捷地俯下身，夹住了飞来的一片蓝色鱼鳞。

"既然鲛王曼耶华想用夏薇薇引出斯卡汀娜，那我是不是可以用雨声来引出鲛王呢？"植安奎忽然疾步走到雨声身边，他黑亮的眸子里闪过无比确信的光芒，略带挑衅地说道。

"植安奎，不许这样跟雨声讲话。"夏薇薇吃惊地大声制止道。

无论如何，也不能让这个大魔王冒犯自己的好朋友啊！

"'海洋之眼'虽然湛蓝透明，但是它有一个致命的弱点就是遇寒冰即裂。"植安奎完全无视夏薇薇，他修长的手指在半空中划出一道很好看的弧线，空气里立刻冒出丝丝寒气。

"住手！"伴随着一声严厉的斥责声，从蓝色光波中缓缓走出一个身材颀长的男子，他的一头黑发飘逸若倾泻而下的瀑布，质感上乘的浅蓝鲛绡大氅披在平直宽厚的双肩上。

男子两道浓眉插入发鬓，细长的丹凤眼微带着愠怒的神色，逼视着植安奎，浑身散发出一种君临天下的王者气质。

大家都吓了一跳，难以置信地看着鲛王曼耶华。

他果然是人类和鲛人的混血儿，竟然拥有黑发和两条修长的腿！

"对不起，曼耶华他也要跟着来。刚刚他听到有人讲他母亲的坏话，心里按捺不住，就让达文西摔了一跤，真是抱歉了。"雨声红着脸十分愧疚地向大家解释。

"雨声……"曼耶华声音极为阴沉，他一脸不悦地扭头看了一眼自己的妻子。他对雨声只要遇到夏薇薇这帮人胳膊肘就会往外拐这一点，十分不满。

雨声立刻低下头，一副小鸟依人的样子。

"你……"达文西一听原来是曼耶华躲在"海洋之眼"里暗箭伤人，顿时气坏了，冲过去刚想发作，可是曼耶华那高傲强势的气场瞬间将他压了下去，"呵呵，你衣服皱了，我给你拍拍。"达文西立刻换上一副讨好的嘴脸，十分谄媚地将曼耶华身上原本就平滑无痕的衣服拍了拍。

好丢脸。

夏薇薇用寒碜的目光看着灰溜溜跑回来的达文西：打不过就不要去逞强嘛！

"你应该知道害鲛人失去夜明珠窒息而亡的始作俑者是谁了吧？现在我要你立刻把水晶球还回来。"植安奎丝毫不惧地盯着曼耶华。

他只要想到曼耶华要伤害夏薇薇，心里顿时对他一丝好感都没有了。

"我为什么要相信他的话！"曼耶华冷眼看了看植安奎，随后将目光停留在野栗恩身上。

"呵，不相信我，也应该相信暗夜统治者狄奥多西吧。"野栗恩十分冷傲地扬起下巴，瞟了一眼曼耶华道，"当年伊丽丝得知自己犯下错误之后，想放弃美貌和永生赎回夜明珠，可是狄奥多西不肯。塞涅卡为了拯救族人，将鳞片撕下来供族人呼吸，而后力竭而亡，以及伊丽丝殉情，这些本来就是人尽皆知的事情。"

"那斯卡汀娜为什么要逃走？她不是出身高贵，家财万贯，什么事情都难不倒吗？为什么要让我的族人绝望？！"曼耶华额头上的青筋暴露出来，他咬着牙，十分痛苦。

"曼耶华，你不觉得自己很自私吗？"植安奎还没有来得及说话，夏薇薇却先他一步朝着曼耶华走了过去，她清澈的眸子闪着亮光，声音铿锵有力，"在鲛人泉眼被击碎时，是斯卡汀娜带着一对夜明珠救了你们！她虽然性格冷漠了一些，可是从来没有做过伤害鲛人的事情。而你们鲛人总是无止境地向她索取，她一旦无法满足你们，你们就会怨恨她，你不觉得这样做不公平吗？"

"咳咳……"夏薇薇的话刚刚说完，胸口就剧烈起伏着咳嗽起来。植安奎伸出手臂，一把扶住了她。

"你跟斯卡汀娜长得一模一样。有时候我就在想，你是不是就是另一个她，再次闯入鲛族人的生活，让我们患得患失。"曼耶华碧色的眸子颤抖着，神情复杂地看着夏薇薇，喃喃道。

"你是怕如果真正的斯卡汀娜回来了，会揭穿你的生母伊丽丝的背叛，对吗？你口口声声说着'我的族人'，但正是你的族人们将背叛鲛族的帽子扣到了无辜的斯卡汀娜的头上，让她成了替罪的羔羊，这一招真够阴损的。"植安奎怒不可遏地看着曼耶华。

林沐夏和达文西也纷纷靠过来扶住夏薇薇的身子。

"真正自私的人是伊丽丝吧？狄奥多西说只要伊丽丝愿意答应他一个条件，就将夜明珠还给鲛族，可是她拒绝了。是她害得鲛族人万劫不复！"野栗恩言语犀利地说道。

"不许你这么评价我的母亲！"曼耶华被激怒了，他要反击。

"殿下，把夜明珠还给夏薇薇吧，她是无辜的，若是她有个三长两短，那么我便陪她一起。"一直默不作声的雨声忽然大声打断曼耶华，她的声音发颤，清澈的双眸如同汨汨的泉眼，亮晶晶的。

"雨声，在你心里，我果然不如别人重要吗？"曼耶华极为受伤地扭头看着蓝色光波里美得不可方物的雨声，声音温柔又低沉。

"我们走吧，回到东海去。忘了上一辈的恩恩怨怨不好吗？"雨声泪眼婆娑地看着曼耶华，秀丽的手指轻轻抚摸着他的脸颊。

"告诉我，当初你母亲为什么要放弃交换夜明珠？"雨声附在曼耶华耳边轻声问道。她知道曼耶华心里有个结，而她一定要想尽一切办法解开它。

"是我，狄奥西多要母亲用我来换夜明珠。"曼耶华闭了闭眼睛，如同小刷子般的长睫毛上早已濡湿。

伴随着他们的紧紧相拥，屋子中央的"海洋之眼"光芒逐渐变淡。

雨声与曼耶华相拥的影子也缓缓消失。

夏薇薇听到了！

曼耶华在讲述母亲的时候那深沉的声音，像是泉水敲击着她的心。

她的母亲卡迪娜王妃会是什么样子？如果她为了保护孩子而放弃天下，扪心自问，夏薇薇也不会怨恨的，只会感激。

可是，卡迪娜王妃失踪了这么多年，没有谁知道她究竟是为了什么而去。

"水晶球！"

静谧的气氛被达文西惊讶的声音打破了！

夏薇薇的床上赫然多了一颗夺目耀眼的水晶球，旁边还有一张小纸条。

"我是看在雨声的面子上才把水晶球还回来的。夏薇薇跟斯卡汀娜长得简直一模一样，这点我始终无法释怀。我希望你不要再去扰乱鲛人的生活，也不要再来找雨声了。"达文西拿起纸条，刚刚念完，他的怒火就冒了上来，把手里的纸条甩得啪啪直响，"你们说曼耶华那个人怎么这么讨厌呢？又任性，又小气，还喜欢暗箭伤人！他凭什么不让夏薇薇跟雨声做朋友？性格也太霸道了！还口口声声说是看在雨声的面子上，呵，明明是自己诬赖好人，还死要面子！"

"达文西，我们去黑沙漠吧。"夏薇薇不动声色地走到达文西身边，低声说道。

在她的心里，那个被强行跟她扯上关系的斯卡汀娜变成了一个谜，她很想去揭开这个谜。

这位住在海螺里的鲛人王妃，似乎与自己的母后卡迪娜王妃之间，有着千丝万缕的联系。

无动于衷地在屋子里等待是不行的，她要迈出去，找到心中的答案，第一步就是向黑沙漠进发。

"好，我们现在就收拾行李，这就出发！"植安奎的精神被调动起来了，他的心备受鼓舞，甚至有些感激曼耶华，至少夏薇薇想要去寻找解药了，这是一件多么让人欢欣的事情。

林沐夏重重地点点头,这几日盘桓在他心头的重石,终于放下了。

他侧头看植安奎,只见他那张一直阴沉的脸上,竟然露出了一抹似有似无的笑意,让人感觉如沐春风。

"黑沙漠伸手不见五指,呜呜,人家穿漂亮衣服也没人能看到了。"达文西一脸遗憾地看着大家,抱怨着去整理行李了。

"那我们黑沙漠见了!"野栗恩紫色的瞳孔里闪着晶亮的光芒,他果断辞别大家,朝着门外走去,只留下一个让人捉摸不透的背影。

第2章
沙漠女神思嘉

🌹 蜥蜴怪兽
🌹 落选的圣女

【出场人物】
植安奎,达文西,夏薇薇,野栗恩,林沐夏,
曼耶华,雨声,四大蜥蜴骑士,思嘉

【特别道具】
红色扇子印记

蜥蜴怪兽

达文西想带上自己一箱子又露又透的时装的愿望完全幻灭了！

黑沙漠缺乏光照，一年到头都冷若冰窖。

植安奎和林沐夏早就置备好了毛毯、睡袋、帐篷，骆驼身上背着的尽是些厚大衣和生火做饭的器具。

夏薇薇没想到的是，大魔王植安奎居然一反欺负她的常态，专门给她安排了一头驯化得极为乖巧的骆驼。

"蔷薇劫难"还没有解除，她心口的疼痛还会在意想不到的时候突然袭来，植安奎这样一反常态的关心，反而让她更加担心起自己的身体，生怕会拖累大家。

好在经历的冒险和苦难越多，大魔王的脾气反倒越好了。一行人被他安排妥当，队伍就浩浩荡荡地出发了。

他们翻过绵绵不绝的沙丘——神奇的是，背对黑沙漠的沙丘都是阳光灿烂，一旦越过沙丘顶，便是一片污浊的黑暗，阵阵寒风透入肌骨。

夏薇薇被达文西用厚格子毛毯裹了一层又一层，沙漠里狂躁猛烈的风沙吹得她根本睁不开眼睛。

植安奎曾经在北极接受过"渡鸦会"长老的魔法训练，比大家耐寒。他走在队伍的最前面，高高举起水晶球给大家照明。为了给骆驼省力气，大家不再骑骆驼，步行前进。

有了水晶球的照耀与庇护，一行人总算有了一丝光亮。可这黑沙漠如此无边无际，水晶球的光芒也似摇曳的烛光，随时会被无尽的黑暗吞没。

呼呜……呼啸的风声像是沉痛的呜咽，听得人心惊肉跳。

大家都低下头，弓着腰在沙漠里艰难地前行着。

夏薇薇感到胸口一阵窒息，厚重的衣服加上寒冷的空气，她感觉自己的五脏六腑都快要被冻僵了。脑袋也昏昏沉沉的，她好想睡觉。

"加油，只要走出黑沙漠，事情就好办多了。"耳边忽然传来植安奎的声音，他用手拉紧夏薇薇身上的毛毯，给她鼓劲。

"嗯。"她勉强睁开眼睛，看着植安奎被风沙割红的脸上扬起的笑容，不由得心头一动。自从她生病之后，植安奎再也没有凶过她，反而变得体贴极了。自己实在应该打起精神来啊！

"对啊，小夏薇薇一定要加油，等我们走出这里，就吃一顿大餐庆祝！"达文西也凑过来。狂风将他的声音吹散开来，听起来有几分不真切。

夏薇薇看到达文西那挂着两条冻鼻涕的红鼻头，还有厚大衣里露出的一截闪闪发光的礼服领子，忍不住笑了起来——他真是到哪儿都忘不了臭美。

大家正互相鼓励着，忽然，黑色的苍穹中亮起了一道青辉，与水晶球的银色光芒相辉映。狂风渐渐安静下来，淡淡的光辉洒遍黑沙漠，所有的人都不由得眼前一亮。

"月亮。"林沐夏动情地看着天空，月光照得他褐色的眸子格外轻灵透亮。

夏薇薇也跟着抬头看过去，没有想到黑沙漠也有如此美丽的夜景，真想让时间就此静止。

"不要看了！那月光会迷惑心智！"

伴随着植安奎的一声大喝，一团耀眼的红宝石光芒迅速从他的胸前迸射出来，强烈的光芒直冲天空的青色月亮飞去。

"哎呀，林少爷，你的眼睛怎么是青色的？"达文西愣了神，他只感觉自己的头有些晕乎乎的。刚准备告诉林沐夏，没想到林沐夏的眼睛竟然变成了奇怪的青色，而且放大的瞳孔根本没有聚焦。

"呵呵，呵呵，你是谁啊？我不认识你耶。"林沐夏忽然傻笑起来，他的声音变得十分奇怪，手舞足蹈地朝达文西走去。

"林沐夏，你不会被迷惑了吧？"达文西抱住胸口，双脚连连向后退去。他诧异地看着一向风姿清雅的林沐夏露出一脸癫狂的傻笑，"你肯定被那奇怪的月亮迷惑了，你说你没事干吗那么有情调，看什么月亮啊！看看你都变成什么样子了！"他一边往后退，一边无可奈何地说道。

"啊！"

没想到达文西的身后恰好是一个沙坑，他踩了个空，身子不稳，一屁股蹲坐在了地上，摔了个四脚朝天。

林沐夏趁机扑了过来，他伸出双臂，捧起达文西已经吓得变形的脸，胡乱地揉了起来。

"嘿嘿，揉面团，揉面团！"林沐夏干脆坐到达文西的肚子上，一脸呆笑地折磨起达文西来。

"呜呜……美瞳要被你挤出来了！林沐夏，你住手！"达文西在地上胡乱挣扎着，不一会儿就吃了满嘴的沙子，眼泪鼻涕瞬间奔涌而出，在地上狂咳起来。

"面团里混入石子了，抠出来。"林沐夏的双眼一片混沌，浓重的黑色眼袋垂了下来，脸上却带着一抹诡异的笑容。

他摸到了达文西的牙齿，手里不知何时多出了一把青色的刀子，直直地要往达文西的嘴里刺。

"救命！"达文西睁大双眼，恐惧地盯着利刃，尖着嗓子叫了起来。

啪！

一个巴掌狠狠地落在了林沐夏的脸上。

林沐夏的动作顿时停在了半空中，脑袋一沉，晕乎乎地倒在了沙堆里。

达文西忙不迭地爬起来，扬起手臂抹掉脸上的沙子，惊魂甫定地四下看去。

刚刚那一巴掌实在神勇，林沐夏差点就没命了。

夏薇薇手掌发烫，身子随着她抽动手臂的惯性，绵软无力地栽倒在沙坑里。

"小夏薇薇，你没事吧？"达文西吓了一跳，连忙扑过去抱住夏薇薇，手忙脚乱地拍掉她脸上的沙子。看见她的小脸被月光照得发青，心里一酸，就落下泪来，心疼地嚷道，"你从骆驼上下来做什么？林沐夏那小子我一个人就能对付了！"达文西越说越伤心，一个人抱着夏薇薇坐在沙窝里呜呜地哭了起来。

"夏薇薇怎么了？"清醒过来的林沐夏见面前的达文西哭得正难过，连忙凑过来问。

"嘶……"奇怪的是，他觉得自己的脸一阵火辣辣的疼。

"你给我让开，立场不坚定的家伙，被那月光一照，你就变傻了，呜呜，刚刚你还想杀了我。"达文西见林沐夏一脸懵懂的表情，知道他已经缓过神来，可是心里就是别扭。他肩膀猛地一用力，林沐夏就又被撞翻到了沙窝里。

好臭！

林沐夏刚刚翻身下去，达文西就闻到一股难以描述的臭味，像是臭鸡蛋，还十分腥！

"林沐夏，你给我面壁思过，三分钟之内不要跟我讲话，让我消消气再说！"达文西头也没回，这话刚刚说完，他就感觉背后一阵猛烈的飞沙走石！

"啊——"一声惨叫从达文西的口中发出来。

达文西的头顶上，植安奎一跃到了半空中，散开的发丝翻飞，冒着寒气的眸子恶狠狠地盯着他，好像跟他有深仇大恨似的。他手中的一把冰剑，正瞄准他直刺下来！

黑沙漠开始颤抖，青色的月亮消失不见，只有放在骆驼后背上的水晶球源源不断地发出淡淡的银色光辉。

"植安奎，你不会也被月亮迷惑了吧？夏薇薇在我这儿呢！你不怕伤着她吗？！"达文西惊得浑身乱颤。他想立刻逃命，可是怀里抱着夏薇薇又让他动弹不得，只好使出最后的力气冲着植安奎大吼。

蹭蹭蹭，他的额头、前胸、后背骤然冒出了一层汗！

锋利的冰剑毫不留情地劈了下来。

达文西心里一横，迅速扑在夏薇薇身上，露出后背等着被刺。

只听头顶发出一声痛苦的野兽嘶吼声。

达文西感觉哗的一下，背后像是被人泼了一盆水般猛地一沉。

"快走！"耳边传来植安奎紧迫的声音。达文西还没确定自己是否还活在人世，大衣领子就被提了起来，连着怀里的夏薇薇一起被丢到了骆驼背上。

他身后还坐着吓得满脸苍白的林沐夏。

达文西惯性地往背后一摸，只感觉掌心湿湿黏黏的，还发出阵阵腥臭味，拿到眼前一看，颜色红得吓人，不由得瞪大眼睛，失声尖叫起来："血！"

"那不是你的血，是蜥蜴怪兽的，它刚刚差点要吃掉你，被植安奎及时刺了一剑下去，血就溅在你的身上了。"林沐夏颤着声音解释道。

回想刚才的那一幕，林沐夏被达文西推翻到了沙窝里。刚刚睁开眼睛，就看到一个血盆大口朝自己扑了过来，尖锐的獠牙上还粘着腥臭的黏液！

他吓坏了，还没有来得及尖叫出声，只见那大蜥蜴越过他，扭动着肥硕的身躯迅速朝着达文西滑了过去。

幸好植安奎及时赶到，将他们三人救了下来。

骆驼一路跑出了几百米，三个人都到了安全地段。

身后那黑黢黢的黑沙漠里，一头巨大的蜥蜴还在不断地跟植安奎纠缠着。它短小却极为有力的前腿旋转着，肆无忌惮地攻击植安奎，还时不时发出嘶吼声。

达文西和林沐夏心惊胆战地看着处于水晶球光芒边缘的植安奎和巨型蜥蜴。它的粗尾扫起沙粒，即使隔着这么远的距离，骆驼们仍受到了惊吓，变得躁动不安起来。

身下的骆驼不安地打着响鼻，前蹄刨着沙粒，脖子上的筋络绷紧，惊慌地准备逃走。

林沐夏见情况不妙，立刻跳下骆驼，扯住缰绳，手指抚摸着骆驼厚厚的毛发，附在它耳边说起了悄悄话，极力想使它安静下来。

慢慢地，骆驼平静下来，终于站在地上不动了。

达文西高悬的一颗心刚刚放下去，只见林沐夏脚下的一层黑沙被急速拱了起来，好像有什么生物在沙下面迅速移动！

"林沐夏，小心你脚下！"达文西连忙提醒他，手指下意识地拉住缰绳，身下被安抚好的骆驼再次受了刺激，它撞翻身旁的林沐夏，梗着脖子没命地逃了。

达文西从来不知道原来骆驼也可以跑这么快，寒风卷着沙粒针尖般刺着他的脸颊。骆驼越跑越远，过不了多久，他们就要远离水晶球，进入伸手不见五指的黑沙漠中心去了！

他下意识地把夏薇薇的脸抵在自己的胸口，手指用力收缰绳，狂跳的心几乎要跃出胸腔。

莫非他们要葬身在这黑沙漠了吗？达文西越想越怕。

哗啦啦一阵响声，无边无际的黑沙漠中，一群黑蝴蝶朝着骆驼迅速飞了过来。

它们挡住骆驼的双眼，盖住骆驼的耳朵。没多久，骆驼竟然扭过头，往回走去。

水晶球的光芒倍增，在这本无尽的黑沙漠中，有了一个原点。原点朝着四周发出淡淡的光芒，照亮了达文西、夏薇薇、林沐夏的脸，也照亮了一只又一只黑色翅膀的蝴蝶。

植安奎发现蜥蜴怪兽被水晶球的光芒照射后，战斗力大大减弱，于是便引着蜥蜴怪兽朝着水晶球而来。

达文西一只手紧抱着夏薇薇，另一只手扯住缰绳，两条胳膊早就麻木了。眼看着快要撞到植安奎，他的身体被猛地一撞，便与夏薇薇从骆驼背上滚落进了沙堆里。

一个黑色的人影出现在光圈之中。

是野栗恩！

他把黑蝴蝶剑秉在胸前，双脚稳稳地踩在飞奔的骆驼的双峰之间，紫色的双瞳闪着极为坚毅的光芒，朝着正与蜥蜴鏖战的植安奎冲了过去。

黑色沙漠中，不时亮起绚紫光芒，刀剑相撞声不绝于耳。

植安奎和野栗恩一人对付一个蜥蜴怪兽，黑色的沙粒不断被掀起。

"不知道哪里可以打卫星电话，我好让比尔开着军用飞机来帮忙。"林沐夏从沙窝里爬起来，他手里拿着 GPS 定位系统的手机，着急地转着圈子四处寻找卫星信号。

可是黑沙漠就如同一个黑洞，他们与外界完全失去了联系。

"你没事吧？吓死我了，我没想到黑沙漠竟然有这种恶心的东西。"达文西见到一身狼狈的林沐夏，连忙凑了过去，惴惴不安地说道。

"那种东西又来了。"林沐夏刚刚与达文西会合，抬头一看，黑沙漠里又冒出两条吐着舌头的蜥蜴怪兽。

它们的眼睛里冒出恐怖的红光，巨大有力的尾巴只是一扫，达文西和林沐夏就被毫无预兆地掀飞到了一旁的沙堆上，痛得他们哇哇直叫。

夏薇薇跟达文西散开了，跌落在一块坚硬的巨石上。

她浑身都快要散架了，被折腾得一点力气都没有了，但是她的意识始终是清醒的。

四个巨硕无朋的蜥蜴怪兽对阵植安奎、野栗恩、林沐夏、达文西四个人。

唉，这种对决很不公平啊，自己这边有个战斗力为负的家伙……夏薇薇想到这里，不禁挣扎着起身，想要帮忙。果然不出所料，达文西正在上蹿下跳地跺着脚，毫无招架之力……

植安奎的胳膊被蜥蜴怪兽的獠牙刮了一下，身上的斗篷被割裂，在风里翻飞着。

蜥蜴怪兽的毒液浸入他的皮肤，又痒又痛。他咬咬牙，一把扯下身上的斗篷捆住伤口。黑色的沙子像针尖一般，直接打在他薄薄的白色衬衣上。

巨型蜥蜴虽然身子笨重，可是它们在沙地里活动的速度很快。

植安奎的瞳孔骤然缩紧，想要将冰箭刺入蜥蜴怪兽最致命的部位，可是它们身上坚硬的甲胄根本刺不穿，而且它们适应了黑沙漠寒冷的生存环境，对于寒冰抵抗力很强。

蜥蜴怪兽也发现了植安奎是攻击力最强的一个人，现在他被四条蜥蜴围在中间，巨兽的咆哮声震彻整个黑沙漠。

植安奎凝神屏息，手指交叉对握，口里不断念出古老的咒语，不一会儿，他的周围已经噌噌地长出了许多冒着寒光的尖利冰锥。

黑沙漠的温度骤然降低了几度。

蜥蜴怪兽本来就极为好战，它们丝毫不惧怕地朝着冰锥义无反顾地爬过去。

咔咔咔……

植安奎听见冰锥在蜥蜴怪兽腹下断裂、破碎的声音，他不由得惊住了，难道说蜥蜴怪兽的腹部都如此坚硬，连冰锥都无法刺穿？

腥臭味越来越浓，不一会儿，所有的冰锥已经被蜥蜴怪兽碾碎，它们张开血盆大口，朝着植安奎冲了过来。

"原来你也不过只有这些本事？"头顶上传来野栗恩嘲讽的声音。

植安奎咬了咬牙，他早就知道野栗恩一直没有出手，而是站在不远处的沙丘上观望，明知他抵挡不住，却也不来帮忙。

蜥蜴怪兽们更加逼近他了！

植安奎握紧双拳，他要冒个险！

只要借助蜥蜴怪兽疯狂地扑向他的契机，猛地跳起身体，这样四条蜥蜴怪兽就会撞在一起，他也可以全身而退。

野栗恩凝神看着绷紧身体的植安奎，他忽然明白了植安奎的想法，神色担忧起来。

植安奎错误地估计了这些巨型蜥蜴怪兽的杀伤力。撞击并不能使它们丧命，反而弹起身体在半空中失去重心的植安奎会恰好掉入重伤发狂的蜥蜴怪兽口中！

轰的一声，黑色的沙粒被四头蜥蜴怪兽撞击的震撼力掀起。

半空中一个矫捷的影子高高跳起，植安奎的手指凝结出一把锐利的冰箭，伴随着嘶嘶直冒的寒气，迅速朝身下射去。

"聪明！"野栗恩忍不住赞叹道，他没有想到植安奎竟然借用兵刃的冲撞力将自己的身体弹得更高，这样就给他自己争取了许多宝贵的逃走时间。

沙漠里响起巨型蜥蜴怪兽痛苦的咆哮声，它们被撞得头破血流，可是攻击力一点都没有减弱，反而变得更加疯狂了。

四张大口同时张开，对准了半空中的植安奎！

野栗恩惊呆了，眼看着植安奎就要落入蜥蜴怪兽的血盆大口之中。

植安奎显然有些慌，他正准备凝聚出冰盾，可是时间已经来不及了。

野栗恩脚下猛地用力一弹，他的身体像是离弦的箭，朝着植安奎迅速飞了过去，手臂用力揽住他的腰，植安奎就被带离到了对面的沙丘上。

"还以为你就是来冷眼旁观的呢。"植安奎冷漠地看着野栗恩。

冷血的野栗恩怎么会突然对自己出手相助？原本以为他只是来看笑话的！

"呵，只是不想你死太早！"野栗恩倔强地侧过头，双脚刚刚挨到地，他就像触电一般，连忙将手从植安奎的背部移开，声音极冷地说道，"在没有搞清楚状况的时候就不要随便拿自己的生命做赌注！"

蜥蜴怪兽仍不罢休。

它们凶狠的眼睛注意到了站在沙丘上的植安奎和野栗恩，又迅速朝着他们攻击过来。

植安奎没有丝毫犹豫，纵身跳下去跟蜥蜴战斗起来。

经历了一番苦战，他明显有些力不从心。一条蜥蜴的尾巴扫过，他就侧翻到了沙漠里。

野栗恩实在看不下去，立刻从沙丘上奔跑下去，加入了混战之中。

沙丘的这一边，达文西连滚带爬地找到夏薇薇，仔细地检查她有没有受伤。

林沐夏也凑了过来，面对这么血腥的战斗场面，他一点忙都帮不上。

"沐，那四条蜥蜴的头上是不是有一个红色扇子的标志？"夏薇薇从达文西的怀里直起身子，她极力想看清楚那几条蜥蜴的特征。

"有！"林沐夏立刻仔细看过去，只见每一条蜥蜴的头上都隐约可以看见一块巴掌大小的扇子形状的印记。

落选的圣女

"我知道了。"夏薇薇闭了闭眼睛,她深吸了一口气,将全身的力量都凝聚成一股劲儿,对着身后的达文西命令道:"用力推我一把。"

"干吗?"达文西愣了一下,迟疑道,"我怎么舍得推你,万一你受伤了怎么办?"

"算了,我自己来吧。"夏薇薇好不容易积攒的力气差点因为达文西而消耗殆尽,她双手用力往地上撑了一把,站起身的那一刹那,她只感到胃里一阵翻江倒海,脑袋也跟着天旋地转。她咬了咬下唇,勉强稳住了身体。

"黑沙漠的四大蜥蜴骑士,你们不是最喜欢打赌吗?现在我就在这里,你们尽管放马过来吧!"夏薇薇跌跌撞撞地往前跑了几步,扬起下巴对着打成一团的蜥蜴们大声喊道。

"夏薇薇,你疯了?!"达文西没想到夏薇薇会冲出去,正准备去阻拦,不想身子却被林沐夏拦住了。

"夏薇薇一定知道些什么，你看她的身体。"林沐夏双眼炯炯地盯着站在前面的夏薇薇，只见她全身被一簇璀璨的蔷薇色光芒包围着，手里渐渐凝聚出带着赤色光芒的蔷薇魔杖，一个十字星形的魔法正在慢慢形成。

"哎哟，林沐夏少爷，你知道什么啊！夏薇薇她正生着病，说不定是脑袋发热，一冲动就跑出去了。哎呀呀，你别拦着我！"达文西一边说一边挣扎着，他的心如同被油煎，可是林沐夏就是抱着他不让他走。

植安奎也注意到了独自迎战的夏薇薇，心情顿时紧张起来。

他知道这样战斗下去不过是拖延时间，可是夏薇薇也不能冒险啊。

"达文西，林沐夏，你们快带着夏薇薇离开！"他几乎是用吼声命令道。

嘶……

蜥蜴嘴里甩出的毒液溅在植安奎的胳膊上，一阵火辣辣的痛。

"这些蜥蜴只要触碰到黑沙漠，失去的能量就会立刻补充回来，我们根本不是它们的对手。"野栗恩的脑门上渗出了细细的汗水，喘息着对植安奎耳语道。他手里的黑蝴蝶剑发出嗡嗡的声音，剑也处于极为紧张的状态中。

"四大蜥蜴骑士，我以'彩虹之穹'七公主的身份跟你们打赌！"夏薇薇把双手高举起来，加大分贝喊道。

"乖乖，你打什么赌啊？它们这帮畜生怎么可能听懂你讲话？"达文西看着夏薇薇歇斯底里，心疼得眼泪都快落下来了。他干脆一狠心，抬起脚踩在林沐夏的脚上，怒道："要是耽误了我救夏薇薇，小心你的小命！"

"痛。"林沐夏立刻松开达文西，抱着脚脸都快绿了。

达文西刚往前跑了没多远，几道耀眼的白光在黑沙漠中心炸开来，还带着强烈的冲击力，他的身体立刻被震翻在地上，呼吸都觉得困难。

"打赌？"

"是啊，终于有人愿意跟我们打赌了。"

"竟然有人知道我们是蜥蜴骑士！"

"我们同意打赌！"

白光中同时响起四个声音，一样的语调，低沉却又夹着兴奋，更让人不寒而栗。

达文西揉揉被沙子迷住的眼睛，朝着前方看过去。地上四条嗜杀的蜥蜴早就消失不见，取而代之的是四个穿着银色战甲的高大男人。他们的耳朵细长，厚密的浓眉斜插入鬓角，粗犷的脸上都带着一丝冷笑，夹着迫不及待的兴奋和志在必得的嘲讽。

难道说，这四个男人就是蜥蜴的变身？可是经过一番打斗，他们身上的战甲竟然丝毫不见破损。

植安奎和野栗恩完全傻掉了，刚刚还疯狂的蜥蜴突然变身成了四名骑士，而且他们竟然对夏薇薇提出的打赌要求感兴趣！

噗，一口鲜血从植安奎的口中喷出，他痛苦地捂住胸口，扑通一声跪倒在黑沙漠里，手里的冰刃瞬间消散。

野栗恩趁机架起植安奎，闪到沙丘后面。

"对，我们打赌。"夏薇薇同样被掀翻在地，她用力爬起来，咬紧牙关回应道，声音不大却极为坚定。

四位骑士互相看了一眼，发出得意的笑声。

"野栗恩，你怎么带着植安奎跑来了！那边只剩下夏薇薇，太危险了！"达文西见野栗恩也躲在了沙丘后，立刻拍着他的肩膀抱怨道。

野栗恩白了达文西一眼，皱紧眉头看着脸色煞白的植安奎，吩咐道："他中了蜥蜴的毒，要用最好的解药才行。"

林沐夏二话不说，迅速从贴身的口袋里掏出一枚黑色的药丸，毫不犹豫地推入植安奎的口中。

"在帮夏薇薇找药的时候，我偶然寻到了这种非常难得的药丸，可以解世间百毒——除了夏薇薇的毒，她那是'心病'。"林沐夏帮植安奎服完药，解释道。

"到夏薇薇那里去……"植安奎艰难地说道，他声音沙哑，身子往后一翻，朝着夏薇薇的方向移去。

野栗恩怔怔地立在原地，盯着植安奎跟跄离开的背影，到底是为什么，每个人都对夏薇薇那么好？！

"没有我的允许就闯入黑沙漠，你们必然遭到惩罚！"伴随着一个极为尖细的女声，白光逐渐淡去，黑沙漠中间赫然飘浮着一个身材高挑的女子。

她穿着一袭月牙白紧身旗袍，金丝镶边的花纹看起来极为奢华。娇俏的脸上带着一丝诡异的笑容，红色的双瞳像烈火一般闪着光，犀利又挑衅地注视着大家。长及脚踝的墨发用枯木簪子盘起一朵云髻，仍有卷曲的发丝从她细长的脖颈处滑落，带着几分魅惑与神秘。然而最让人吃惊的是她手里的黑色羽扇，她轻轻地扇了一下，空气中的黑沙粒全部随着她的动作摇摆旋转起来。

"还不快点向思嘉女神跪拜！"

四位蜥蜴骑士异口同声地命令道，他们纷纷侧过身子，对着思嘉毕恭毕敬地鞠了一躬。

思嘉？好熟悉的名字。

夏薇薇睁大眼睛看着半空中的女子。

如果她没有记错的话，当初"彩虹之穹"选圣女，经过层层选拔，只有艾普丽和思嘉进入最终候选名单，但最后留下的却是艾普丽，思嘉落选了。可夏薇薇万万没有想到，曾经灵气逼人的思嘉竟然自甘沦落到黑沙漠，与四大蜥蜴骑士为伍，实在让人匪夷所思。

"原来是'彩虹之穹'的七公主夏薇薇和你的朋友们。难怪你知道怎么让来自云哆亚星的四位蜥蜴骑士们现出真身。不过小鬼们，既然来到了我的地盘，就要让我满意。"思嘉的脸上浮起一抹谑笑，猛摇羽扇掀起一道疾劲的流沙，对着他们一行人打了过去。

夏薇薇一行人根本站不稳，全部被黑风沙卷了起来，在半空中胡乱地打着圈，最后又扑通扑通地栽到沙窝里。

"我们有黄金、有珠宝，还有钻石，你要什么就说出来好了，干吗要这么欺负人，呜……"达文西捂着快要被摔成两半的屁股，龇牙咧嘴地嚷嚷着，刚一张嘴，就吃了满口黑沙，呸呸呸，他又没命地吐了起来。

"那让我挑挑，我只喜欢独特的东西。"思嘉听了，脸上的笑意更浓了。她挑剔的目光在夏薇薇一行人中来回看了几眼，那种压迫感让人的汗毛都竖起来了。

"挑什么？"达文西立刻一把抱住了夏薇薇，他心里就像有无数个小鹿在跳，夏薇薇一定是最独特的了，千万不能给抢走了。

其他人也警觉地防备着思嘉，怕她有异常举动。

"我挑好了！"思嘉丝毫没有理会达文西，她扬起手里的扇子，用力一扇，黑沙漫卷，连水晶球的光芒都给掩盖住了。

大家都剧烈地咳嗽起来。

等到黑沙烟尘散去，大家才面面相觑。

"达文西不见了！"夏薇薇惊呼起来，她把周围的沙子翻了个遍，就是找不到达文西的影子。

"还有野栗恩，他也不见了。"林沐夏四下看看，十分无奈地说道。

"难道说思嘉心里最独特的是野栗恩和达文西？"植安奎也一头雾水，他服用了林沐夏给的神奇的药丸，已经感觉好多了。

"夏薇薇公主，你没有忘记要跟我们打赌吧？"

四个蜥蜴骑士说道。

"她怎么可能跟你们打赌！那是小孩才玩的游戏。"植安奎立刻站起身，护住身后的夏薇薇，威慑的目光如炬般盯着前方的蜥蜴骑士。

"植安奎，打赌没什么的，你受了伤就不要逞强了。"夏薇薇扯住植安奎破碎的衣衫，急切地劝道。

"你还要继续跟我们打吗？"蜥蜴骑士们冷笑起来。

刚刚植安奎和野栗恩同时参加战斗都无法获胜，更别提现在只有他一个人了。

"少废话！"植安奎提着手里的冰箭朝着蜥蜴骑士刺去。

夏薇薇的心立刻揪紧了。

蜥蜴骑士瞬间发出四个炙热的火球，纷纷朝着植安奎扑去。植安奎刚刚用尽全力刺破火球，紧接着又是四个巨大火球飞来，根本让人应接不暇。

嘭嘭嘭……

伴随着几声巨响，四个火球同时砸在了植安奎的肩膀上，爆炸开来。

"别打了，我跟你们打赌！"夏薇薇眼看着蜥蜴骑士又要发出火球，连忙往前跑了几步，着急地大声喊道。

"好。"

蜥蜴骑士十分满意地将待发出的火球收了回去。

"最近我们又有了一项神奇的发明。"第一个骑士十分得意地介绍着。

"但是我们不清楚它会有什么样的效果。"第二个蜥蜴骑士从铠甲里掏出一个银色的锦袋，在夏薇薇面前晃了晃。

"可能会有副作用，也可能会对身体没有任何影响。"第三个蜥蜴骑士摸着下巴，沉吟道。

"而且只能是女孩子来做这个试验，当然我们更加欢迎'彩虹之穹'的小公主亲自尝试。"第四个蜥蜴骑士笑得花枝乱颤，他拿过小锦袋，拉开来，对着手掌倒出了五条色彩各异的头绳。

"可是这些跟打赌有什么关系？"夏薇薇满腹狐疑地看着把一段话分开来说的四个蜥蜴骑士。

第3章
夏薇薇的赌约

🌸 五彩头绳
🌸 公主的作战计划

【出场人物】
植安奎，林沐夏，达文西，夏薇薇，
野栗恩，四大蜥蜴骑士

【特别道具】
沙漠蕨

五彩头绳

"很简单,从明天开始,你每天换一种颜色的头绳。"第一个蜥蜴骑士说。

"经过五天,如果你没死的话,那我们将不再为难你们。"第二个蜥蜴骑士说。

"若是你死掉了,那你所有的同伴将毫无疑问地为你殉葬。"第三个蜥蜴骑士说。

"若是你还活着,那我们就放你们走出黑沙漠。"第四个蜥蜴骑士说完,走到夏薇薇面前,一把抓住夏薇薇的手,将五条头绳压在她的手心里。

其中一个蜥蜴骑士用贪婪的目光注视着夏薇薇那一头浓密漂亮的黑色卷发,一脸奸诈地笑着,附在她耳边说道:"我多么期待五彩头绳会在你身上产生效果,希望你不要像美丽的瓷娃娃那么不堪一击。"

"我接受!"夏薇薇嫌恶地往后退了一步,她攥紧五彩头绳,咬紧牙关答应了。

"好，那么五天后见了。"

这位蜥蜴骑士按捺不住内心的狂喜，迅速转身，抱住其余的三位同伴，开心地哈哈大笑起来。

"哎呀呀，总算有人来当我们的试验品了，今天真是值得庆祝的日子！"几个大男人抱在一起，欢呼庆祝起来。不一会儿，他们的身影就相拥着消失在黑沙漠中。

"他们的脑袋确定没有问题吗？"林沐夏秀眉微拢，总觉得那几个蜥蜴骑士怪怪的。

"我在'彩虹之穹'听说过关于四大蜥蜴骑士的事，他们不是地球上的物种……而是来自于我母亲卡迪娜王妃的星球——云哆亚星。蜥蜴骑士的实力非常强大，他们最大的嗜好是用他们的发明跟人类打赌。可是他们怎么会从云哆亚星来到黑沙漠，就不得而知了。黑沙漠人迹罕至，就算偶然有人类闯入，也经不起他们的折磨而死去。所以，他们才会对'彩虹之穹'的人感兴趣。"夏薇薇沉声说道。虽然她有点底气不足，可是想到自己好歹也是"彩虹之穹"的七公主，白尼斯杜特尔兰国王的掌上明珠，恐怕没那么容易被折磨死吧。

"夏薇薇，你现在身子弱，不能随便冒险！"浑身是伤的植安奎一脸担忧地看着夏薇薇，他刚刚准备伸手去夺夏薇薇手里的五彩头绳，却被夏薇薇藏到了背后。

"我已经答应了，怎么可以违约。况且这头绳看起来似乎没有什么太大的危害，也许那几条笨蜥蜴只是研究出了一些没用的东西呢。不要担心，不会有事的。"夏薇薇勉强扯扯嘴角，挤出一个笑容。

这些话连她自己都不信。蜥蜴骑士虽然长得彪悍，但最爱搞恶作剧和打赌。他们擅长的就是把人折磨得死去活来，连她都不知道这五彩头绳会给她带来什么样的灾难呢。

"那就让我来试。"植安奎依旧不放弃地坚持着。

"他们要求必须是女生。植安奎,如果我不试一试的话,五天之后,他们来检查发现违约,我们还是死路一条。况且还要救被思嘉劫走的野栗恩和达文西,这五天的时间太宝贵了。"夏薇薇急得直想跺脚,和植安奎怎么就是说不通呢。

植安奎沉默了,他猛地摇头,一屁股坐在了黑沙漠上。

林沐夏垂着头不说话,五个同伴一下子少了两个,骆驼也被刚才的打斗吓跑了,真是潦倒啊。

"大家开心一点嘛,想想今晚吃什么,我肚子饿了。"夏薇薇感觉到气氛的压抑,故意提高嗓门问道。

"我去找一些沙漠蕨,晚上做给你吃。"林沐夏听说要烹饪食物,他就立刻来了精神,跟大家打了一声招呼,动身找沙漠蕨去了。

"植安奎,你不要不吭声。你这样情绪低落,会让我对自己没信心的。"林沐夏离开后,夏薇薇小心地坐到植安奎身边,看着不远处发出银色光辉的水晶球,小声劝道。

植安奎还是沉默。

"如果你觉得我太冲动了,那下次我改就是了。我希望你打起精神来,那些蜥蜴骑士太厉害了,他们不是地球上的物种,你打不赢是很正常的。"夏薇薇想了一会儿,伸出手,十分体贴地拍拍植安奎的肩膀,安慰道。

一双手突然伸过来使劲摸了摸她的头。

"啊——"

心跳骤然加快,她茫然地睁大眼睛,大脑一片空白。

"对不起,没能好好守护你。"沙哑又低沉的声音在夏薇薇的耳边缓缓荡漾开来,肃冷的黑沙漠骤然变得温情起来。

她感觉到植安奎的手在不断颤抖,发颤的声音带着深深的自责。

气氛顿时尴尬起来,夏薇薇很想找一句话来安慰他,可是话到嘴边却又一个字都说不出来。

他不是一直都在努力守护她吗？就算无法圆满，但是她知道他已经竭尽了全部的力量了。当他知道自己必须成为"公主的守护者"的时候，是那样的义无反顾。现在，也该轮到被守护的公主勇敢一回了吧！

但是这些话夏薇薇就是说不出口。

正在她无比惆怅的时候，植安奎猛地松开了手，愣头愣脑地直起身子，对着夏薇薇讷讷地说了一句："我去看看林沐夏，你待在这里，哪里都不要去，听到了吗？"

"……好。"夏薇薇愣了半晌，才回答道。

她还没有从刚刚的情绪里缓过神，没有讲出安慰的话又让她满心愧疚。很少遇到挫折的大魔王植安奎，很需要鼓励吧？

"等一下！"夏薇薇叫住了植安奎。

"怎么？"植安奎转过脸。借助水晶球的光辉，夏薇薇注意到他脸颊腾起的红晕。

"我觉得你做得很棒，一直竭尽全力保护这个集体，我真的发自内心感激你。"夏薇薇捂住胸口，对着他真诚地鞠了一躬。

"笨蛋！谁要你讲出这样的话，我当然知道自己很棒！"植安奎顿时耷拉下了眼皮。

他将散落在沙地上的帐篷迅速地支起来，语气霸道地对夏薇薇命令道："立刻钻进去，等我叫你的时候再出来。"

夏薇薇那颗温柔的心顿时被他这些话泼了一盆冷水。她气咻咻地瞪了一眼植安奎，弯腰钻进了帐篷。

帐篷里果然暖和多了。夏薇薇找了一个舒服的位置坐下来，暗想植安奎果然是大魔王，脾气说变就变！

"拿着这个。"植安奎的半个身子探入帐篷，他把水晶球递给夏薇薇，没好气地说道，"水晶球的光芒可以辟邪，沙漠里的蝎子、蚂蚁什么的，就不敢来了。"

"哦。"夏薇薇把水晶球捧在怀里，垂下头，语气紧张地答道。

"怎么了？你抖什么？"植安奎注意到坐在帐篷里的夏薇薇开始浑身发抖。

"我小时候被蝎子叮过。它们真的不会来吗？"夏薇薇坐不住了，一脸惊恐地看着植安奎。

万一蝎子爬到帐篷里，她该怎么办啊？

"说了水晶球会辟邪的。"看着夏薇薇的脸色实在难看，植安奎嚷道，装出一副不耐烦的样子，"好啦好啦，我在外面把关就是啦！没见过你这么胆小的！"

"扑哧"一声，夏薇薇忍不住笑了起来。

原来植安奎还是很贴心的。

她放下心来，借助水晶球温润的光芒打量起手里的头绳。金、紫、青、红、白，五种颜色的头绳摸起来软软的，精细的做工甚至可以看到头绳上漂亮的图案。这是纯手工做出来的头绳，质地特别密实。

真没想到蜥蜴骑士竟然如此心灵手巧，只可惜这些是用来打赌的，具体还不知道有什么副作用呢。

想到这里，夏薇薇有些气馁地躺下身子。植安奎在帐篷外铺了一层厚大衣，睡着倒也舒服。

就在她迷迷糊糊要睡着的时候，忽然听到植安奎在叫她。

她恍惚睁开眼睛，只见林沐夏和植安奎端坐在帐篷里，他们面前摆着一个用包裹堆成的简易饭桌，上面放着一些烧熟的豆子和熏肉，每人还有一份杂粮粥，还有一种夏薇薇从来没有见过的白色植物，细长的茎交错在一起，看起来怪怪的。

"好丰盛啊，在这种环境下吃食物会觉得格外地香！"闻到食物的香味，夏薇薇的精神好了很多，她早就饿坏了。

她感激地看了一眼林沐夏，开心地拍拍手掌，拿起筷子欢快地说道："我要开吃了。"

"夏薇薇，多吃点沙漠蕨，可以补充体力。"林沐夏没有动筷子，只是将装着很奇怪的食物的盘子往夏薇薇面前推了推。

"好啊，你们也吃嘛。"夏薇薇有些发怵地看着沙漠蕨，心想长成这样怎么会让人有食欲。可是植安奎和林沐夏都不动筷子，只是看着她吃的表情，又让她觉得别扭。

"怎么了？"夏薇薇感觉气氛有些不对头，她干脆放下筷子，问道。

"咳咳，林沐夏，一起吃吧。"植安奎咳了一声，立刻端起粥喝了一口。

林沐夏会意，抿了抿嘴唇，才低头吃了一小口豆子。

夏薇薇见状，才开心地吃起饭来。

第二天一早醒来，帐篷里只剩夏薇薇一个人。

她揉了揉眼睛，看见水晶球发出淡黄色的暖光，心安了不少，便准备掀帘出去。

此时，帐篷外传来植安奎和林沐夏的对话声。

"找到足够的食物做早餐了吗？"是植安奎十分疲惫的声音。

"我找了一夜，黑沙漠气候恶劣，本来就极难生长植物。昨天晚上又刮了一夜的风沙，把蕨类都埋掉了。"林沐夏叹了一口气，又问道，"你没事吧？你不也一夜没睡，在夏薇薇的帐篷外守了一晚上吗？"

"嘘——小声点，夏薇薇还在睡呢。可恶，黑沙漠风沙太大，稍微不注意就把帐篷给埋了。"植安奎低声咒骂着。

"我们带的食物已经吃光了。好在现在风已经停了，我再出去找些沙漠蕨，你看着夏薇薇。"林沐夏很有担当地说道。不一会儿，就响起了林沐夏远去的脚步声。

她有些难过地垂下头。怪不得昨天晚上吃饭的时候他们都特别放不开，原来是没有足够的食物了。

可是她真是笨蛋，竟然把熏肉全部吃完了，她还真以为植安奎和林沐夏吃不下呢！

公主的作战计划

夏薇薇觉得她必须要做些什么。

五彩头绳呢?

她要履行与蜥蜴骑士的赌约!现在的她,唯一的一点作用就是借助打赌为植安奎和林沐夏争取一些有效时间了。如果运气好的话,也许会在这场生死未卜的赌局里胜出。

可是她找来找去,昨天晚上压在枕下的头绳完全不见了踪迹。

夏薇薇的脸都黑了,估计是植安奎怕伤着她,把头绳藏了起来。

真是幼稚啊!这样逃避又能改变什么呢?

她想了一会儿,将白色的鞋带解下来,扎了一个马尾。

"植安奎。"她隔着帐篷喊道,身子侧坐,露出白色的"发带"。

"怎么了?"植安奎掀开帐篷门帘,探身进来,一眼便看见了夏薇薇头上的白色"发带",他的脸瞬间变得煞白,满眼惊讶。

"没想到我会找到吧?"夏薇薇得意地挑挑眉。

植安奎咬了咬下唇，他气恼地将帐篷的门帘放下，人也到了帐篷外面。

夏薇薇不敢耽误，她连忙钻出帐篷，果然，只见植安奎从贴身的衣服口袋里掏出头绳，正准备查看。

夏薇薇迅速扑过去，一把将头绳抢回来，从里面迅速挑出一根金色的头绳，动作麻利地绑在了自己的马尾辫上。

"植安奎，打赌已经正式实施了，你已经没有机会了。"她扬扬下巴，十分潇洒地将马尾辫甩到背后。

"夏薇薇，你骗我！"植安奎吃了一惊，难以置信地盯着夏薇薇。

"如果不动点脑筋的话，你怎么肯把头绳拿出来？"夏薇薇撇撇嘴。然而，她的话刚刚说完，头上骤然一痛。

紧接着是脖子，那种灼热的痛沿着她的经脉从头到脚蔓延开来，几乎要将她焚烧殆尽。

"好疼！"夏薇薇猛地跪倒在地上，抱着头呻吟起来。

"你怎么了？！"植安奎本来还在生夏薇薇的气，可是见她的脸忽然变得苍白如纸，便知道不对劲了，忙过去扶她。

都是头绳惹的祸！

植安奎愤怒地要去扯掉她的头绳。

"不要。"她伸手捂住头绳，十分痛苦地挤出一句话，"不要功亏一篑，如果我做到了，蜥蜴骑士会守约的。"话刚刚说完，便又在地上疼得打起滚来。

植安奎着急了，他看着夏薇薇白皙的肌肤渐渐变成耀眼的红色，而且她身体本来就极为虚弱，根本就受不了那么大的热力。

"夏薇薇，你怎么了？"林沐夏抱着一团银色的沙漠蕨回来了，他本来还特别开心，找到了足够三人吃的食物，没想到一回来就看见夏薇薇痛不欲生的模样。

"她不听话！扎了蜥蜴骑士的头绳。"植安奎咬着下唇说道。

"好烫……呜呜……快要烧着了……痛……"

夏薇薇已经痛得神志不清了,可是她的双手还是紧紧地攥着头绳,生怕被人抢了去。

林沐夏心疼地看着夏薇薇,这么冷的黑沙漠,怎么会感到烫呢?

他的手指刚刚放到夏薇薇的额头上,指尖像被烈火灼烧一般传来一阵刺痛。他立刻收回手指,一脸惊恐地看着植安奎:"她浑身烫得像火炉。"

植安奎看着她那张涨红的小脸,忽然灵机一动,他立刻将手指对握,不断念出咒语。不一会儿,夏薇薇周围的黑沙漠就被一层薄冰冻住了。

果然,夏薇薇停止了挣扎,她疲惫地闭上眼睛,脸颊紧贴着地上的那层薄冰,皱起的眉梢渐渐舒展。

然而,薄冰被夏薇薇一触,就立刻融化了。夏薇薇的身体猛地缩在一起,又痛得浑身发起抖来。

"寒冰术!"植安奎刚刚只是稍微试了试,没有想到竟然对夏薇薇有效,这下他可以大力施展,帮夏薇薇减轻痛苦。

就这样一遍又一遍,每次薄冰消融之时,植安奎就再加上力道。

"植安奎,你这样会吃不消的。"林沐夏在一旁看着干着急。在如此寒冷的环境里,植安奎的额头上竟然渗出了豆大的汗水,干燥的嘴唇也逐渐发青变白,完全是体力透支的缘故。

可是植安奎像是没听到一般,依旧执着地坚持着。

林沐夏见状,也没法再劝,只好准备锅炉,认真做起晚餐来。

就这样折腾了整整一天,夏薇薇的身体不断冷热交替,到了晚上,她已经虚脱得浑身无力,尽说些胡话。植安奎也好不到哪里去,闭着眼睛在一旁练功调息。

林沐夏把沙漠蕨类挤出汁水,勉强喂到了夏薇薇口中,见她还可以吞咽食物,才放了心。

帐篷后高高的沙丘上,四个蜥蜴骑士正掩嘴偷笑。他们暗自观察了一天,五彩头绳的威力果然非比寻常。这么五天下去,就算是仙人也会被折磨死掉吧，这个赌他们赢定了。

时至半夜，夏薇薇才昏昏沉沉地醒来。金色头绳已经消失，她的头发十分自然地披散在肩膀上。一睁眼，她就看见了昏睡在帐篷里的植安奎。

只见他双目紧闭，脸色煞白，发丝沿着脸颊滑落到唇边，也未拨开，俨然疲惫到了极点。

夏薇薇想起在她如浴火海时，有人不断帮她降低温度，一遍又一遍地要她加油，不就是植安奎吗？她帮植安奎把脸上的头发拨到一旁，心存感动，出神地望着他。

"肚子饿了吗？你一整天都没吃东西。"林沐夏见夏薇薇醒来，憔悴的脸上掠过喜色，立刻端进来一盘食物。

"植安奎怎么了？"夏薇薇觉得奇怪，按说性子要强的植安奎不会一直昏睡。

"他今天过于劳累，休息一会儿就好了。"林沐夏的心沉了下去，从进入帐篷的那一刻起，他就注意到夏薇薇的目光一直盯着植安奎。

"是因为我吗？"夏薇薇心里一涩，声音发颤。她隐约知道是为了她，可还想再确认一遍。

"当然不是，并不是因为你。"林沐夏避开夏薇薇的目光，他把餐盘放到一旁，心里有些酸涩。他多么希望自己可以像植安奎那样保护夏薇薇，哪怕会殚尽心力，也是值得的，至少夏薇薇会感激。但是在这个如同黑洞一样的黑沙漠中，金钱、财富、优雅……全都派不上任何用场。现在的他除了做一些琐碎的小事，一点忙都帮不上。

"先吃饭吧。"夏薇薇注意到林沐夏脸上一闪而过的慌乱，已经全部明白了。

林沐夏果然不会说谎啊！除了植安奎使用寒冰术，还会有别人？

他是怕她会内疚，才不说实话的吧？

帐篷里静悄悄的，林沐夏看着夏薇薇大口吃东西，心里不知道有多满足。

新的一天来临了,可是对于夏薇薇来说,又是一个极大的挑战。

五彩头绳在折磨她的同时,也牵累她的同伴们。

她看了一眼憔悴的植安奎和为她担心的林沐夏,到底该继续还是放弃?

正在她犯愁时,脑子里忽然想到了一个点子。如果她睡着了,那么头绳就不能起作用了!

夏薇薇想到这里,脸上立刻露出欣慰的笑容。

她瞟了一眼身边的林沐夏,故意"哎哟"一声,倒在了地上。

"你怎么了?!"林沐夏吓坏了,惊恐地看着横躺在地上的夏薇薇,手忙脚乱地去扶她。

"给我点安眠药吧,黑沙漠折磨得我睡不好,呜呜,我只想好好睡一觉。"夏薇薇装出一脸痛苦的样子,哆嗦着嘴唇求道。

"可是医生不建议你随便用药。"林沐夏有些慌了,昨天晚上夏薇薇明明睡得很沉。

难道她被折磨得要想不开吗?

"如果我没有充足的睡眠,就会消化不良,脸上会长痘痘,身体免疫力会降低,情绪会低落,甚至还有可能会撑不到第五天就死掉。林沐夏,你忍心看我遭受这样的痛苦吗?"夏薇薇见林沐夏一脸犹豫,干脆连珠炮似的下了一剂猛药。

林沐夏彻底顿悟了,夏薇薇越是这样,越表明她想不开。他闭目想了一会儿,终于做出了一个决定。

"如果想睡着的话,你吃一粒的剂量就可以了。"

"你把药瓶给我,我自己留着。"

夏薇薇见林沐夏动摇,心情顿时大好。可是吃一粒万一睡不沉怎么办?

林沐夏越来越心神不安了。他从贴身的衣物里倒出一粒安眠药,递给夏薇薇说道:"只有一粒。你要乖乖睡着,其他的事情什么都不要想。"

"那好吧。"夏薇薇乖巧地点点头,接过药片。

林沐夏注意到夏薇薇脸上镇定的表情,心里顿时明白她已经视死如归了。

现在他必须要把植安奎弄醒,共同商量一个对策。

他戳了一下躺在地上的植安奎,那家伙竟然纹丝不动。

"吧唧"一声,夏薇薇毫不犹豫地把安眠药吞下去,连水都没喝,然后闭着眼睛,等待进入睡眠状态。

"你怎么把紫色头绳扎上了?"林沐夏注意到夏薇薇已经将头发扎起,还扎了一条紫色头绳,当即惊讶得合不拢嘴。

他忙伸手想把头绳取下来,可是手指刚刚碰到头绳,就感到一阵针刺的痛,让他不得不缩回去。

"夏薇薇,你醒醒。"他只好放弃取头绳,拍拍夏薇薇的手臂想要唤醒她。

但是夏薇薇已经浑身发软,迅速进入深度睡眠了。

帐篷里,林沐夏一脸无奈地看着躺倒在地的植安奎和夏薇薇。这两个家伙,一个吃了安眠药,一个不知道中了什么邪,任凭林沐夏怎么叫也叫不醒。

耳边传来黑沙漠嘶吼的风声。

林沐夏深吸了一口气,对着昏睡的植安奎说了一声抱歉。

他果断从口袋里掏出备用的针线盒,挑出一根绣花针,瞄准植安奎唇上的人中穴。

手上一用力,绣花针精准无误地刺入了植安奎的穴位。

"呃……"

植安奎睁开了双眼。

林沐夏的手抖了一下,针迅速被拔出。

"林沐夏,你对我做了什么?!"刚刚醒过来的植安奎见到林沐夏手持"凶器"的模样，顿时发怒了。

他正做着一场美梦，就被林沐夏给扎醒了。

"你流血了。"林沐夏缩向帐篷一角，他把手帕丢给植安奎，声音紧张道，"夏薇薇吃了安眠药，还扎了紫色头绳，我怀疑她有想不开的倾向，不得已才弄醒你的。"

"我不是告诉你不要让她再尝试这个赌约了吗？你怎么不拦住她！"植安奎咆哮起来，一双黑眸威慑力十足。

"她的动作太快了，我根本就没有注意到，而且头绳还摘不下来。"林沐夏慌忙解释，他忽然意识到自己在刺醒植安奎之前应该慎重考虑一下。还是睡着了怎么叫也叫不醒的植安奎最让人省心……

"她不会这么做的。"植安奎盯着昏睡的夏薇薇，凝眉思索了一会儿，迅速做出了一个决定，"趁她睡着，现在立刻收拾行李离开这里！"

"……"

林沐夏看了一眼植安奎，他从刚刚的暴怒到现在的沉稳镇定，前后不超过十秒钟。

果然是很有决断的人。

林沐夏不安的心忽然稳了下来。他垂下眼睑，若有所思地整理起了行李。

在这个世界上，只有植安奎可以好好守护住夏薇薇吧？而自己遇到事情会慌乱，会无措。林沐夏想到这里，忽然感到惭愧。

"我们走吧。"植安奎将夏薇薇背到肩膀上，迈开双腿踏入漫无边际的黑沙漠。

林沐夏也不敢耽误，人生第一次，他特别理解挑夫的辛苦。他这少爷的万金之躯竟然挑起了沉重的帐篷和杂物。

他忍住肩膀处火辣辣的疼痛感，忽然明白，成长果然是一种充实的痛！

植安奎和林沐夏一前一后地走着。

沙漠上渐渐起风了，沙粒像冰针似的扎着人脸。

"植安奎，这风沙都是漩涡状，估计要起龙卷风了。"林沐夏仔细观察了一下沙漠的情况，有些担心。

植安奎前进的脚步顿时一滞，他知道沙漠龙卷风移动速度极快，威力更是无穷。人只要处于漩涡中心，基本上没有活下去的希望。

他把夏薇薇平放到毛毯上，神色严峻地看着林沐夏："跟我来！"

植安奎找了一块较低的沙丘，打算用成冰术把这些沙粒做成一堵可以挡风御寒的沙墙。可是，黑沙漠的沙粒竟然也丝毫不受魔法控制，无论他怎么努力，那些沙粒还是散乱一地。

两人眼神会意，干脆自己动手迅速将沙粒挖出，压实后垒成沙墙。冰冷的沙粒将他们的手冰得通红，血丝从皮损处渗了出来。

风声越来越大了，呜咽着，呼啸着，狂风撕扯着衣衫，猎猎作响。

植安奎将夏薇薇移到了沙丘下，只是一眨眼的工夫，她身上已经覆了一层黑色的薄纱。

第 4 章
成长的历练

沙漠龙卷风
绿洲奇遇

【出场人物】

植安奎，林沐夏，夏薇薇，四大蜥蜴骑士，虹玳，艾普丽，达文西，野栗恩，思嘉

【特别道具】

龙卷风

沙漠龙卷风

植安奎和林沐夏把垒好的沙墙弄实，两人刚刚做完，远远的一道急速旋转的黑色龙卷风朝他们席卷而来。

林沐夏从来没有见过如此强劲的龙卷风，那是一个急速前进的黑色旋涡，让人触目惊心。

"快趴下去。"植安奎的声音被大风扯得支离破碎，他扑过去，扑倒正在发愣的林沐夏，又迅速扯了一个厚厚的毛毯，盖在了身上。

然而，他刚刚准备去拉夏薇薇，"腾"的一下，原来平躺在地上的夏薇薇忽然坐直了身体。

"夏薇薇，快过来！"植安奎的心里松了一口气，连忙冲她喊道。夏薇薇总算醒过来了。

"她头上的光好诡异。"林沐夏惊慌地看着夏薇薇头顶上的一团紫色光环，感觉极为不祥。

龙卷风一路肆虐，马上就要压过来了。

植安奎察觉到了夏薇薇的不对劲。只见她缓缓转过身，瞳孔涣散，泛出一种病态的紫色。她脚步迟钝又僵硬地朝植安奎和林沐夏走来。苍白小脸上的唇角勾起一个诡异的弧度，露出尖尖的虎牙。

"她吃了安眠药，按说是不会这个时候醒来的。一定是紫色头绳发挥作用了！她还冲我们笑。"林沐夏被夏薇薇的微微一笑惊得浑身发麻，那根本就不该是她的笑容。

来不及了！强烈的风沙扯得夏薇薇的身体摇摇欲坠。

植安奎咬紧牙关，就算夏薇薇已经中了魔障，他也不能抛弃她！

他毫不犹豫地朝着夏薇薇跑了过去，将她扑倒在了沙窝里。

呃……

林沐夏在夏薇薇倒地的那一刹那，看见了她手里高高举起的刀子。

心陡然跃至喉处。

他犹豫了一下，还是奔过去，将毯子盖在了三个人的身上。

黑暗里，林沐夏忽然听到"噗"的一声，是刀刺入肉里的声音。

可是毯子下一点呻吟声都没有，他甚至怀疑刚才是不是自己听错了。

"抓紧了！"植安奎沉稳的声音在耳边响起。

林沐夏知道龙卷风就要从他们身上碾过，他用尽全身力气，死死地按住毛毯的边缘。

一股强大的力量压了过来，疯狂地扯着毛毯，植安奎感觉自己的身体快要被拔起，用力过度的指甲几乎要裂开了。

然而，就在这千钧一发之际，有人在用力向外推他的身体，想把他推出毛毯之外。

他的心猛地一凉，患难之时有人竟然要谋害他。

"呃——"他正满心苦水，那道力量又加大几分，身体终于被那道力气推了出去。

回眸的那一刹那，他看见夏薇薇一双混沌的紫色眸子和浮在嘴角的冷笑。

植安奎的心顿时沉了下去，竟然……是夏薇薇。

身体被吸入龙卷风中，植安奎急速旋转着，不一会儿就晕头转向。风灌入他的口中，挡住他的呼吸，眼睛被风沙刺得完全睁不开，身体也像是被刀子剐过般，痛得几乎痉挛。

恍惚中，他感觉自己的手被人紧紧抓住了。

紧接着就是一阵毫无方向的天旋地转。

"冰树！"

伴随着植安奎急切的念咒声，黑沙漠上赫然生长出了一棵闪着银光的巨大冰树。

"砰"的一声，植安奎觉得五脏六腑都快被撞翻出来了，晕了过去。

林沐夏在毯子下等了好久，终于，龙卷风过去了，黑沙漠终于平静下来。

林沐夏从毯子下钻出来，看到植安奎的身体被卡在冰树枝上，树被沙漠掩住，只剩下几根树杈冒出来。植安奎双目紧闭，好像昏了过去。再扭头看看，毯子下是陷入昏睡的夏薇薇。

"不要啊。"林沐夏觉得这一幕似曾相识，不由得重重叹了口气。

"植安奎，你醒醒。"他伸出手臂戳了戳植安奎。

可是植安奎动都没动一下。

林沐夏犹豫再三，决定再用点力气。

扑通，植安奎从冰树上跌落下来。林沐夏急忙扑过去，只见脸色惨白的植安奎的肩膀上被刺了很大的一个伤口，鲜血正汩汩地涌出来，瞬间渗入黑沙漠中。

他想起了夏薇薇手里的刀，还有黑暗中传来的"噗"声。顿时明白了一切。

林沐夏立刻将穿在里面的衬衫撕成条，小心翼翼地帮植安奎止血。

躺在地上的夏薇薇头上的紫色头绳已经消失，长长的头发凌乱地散在沙地上。他看到夏薇薇精致苍白的脸庞，心里兀自疼了一下。虽然他知道夏薇薇是受到了头绳的蛊惑，但是想到她不顾一切地将植安奎推到危险恐怖的龙卷风中，他还是替植安奎感到难过。

帐篷、炊具，一切的一切，都被龙卷风卷走了。

只剩下孤零零的水晶球，用清冷微弱的光芒照耀着他们。

植安奎受了伤，急需医治。林沐夏深一脚浅一脚地在沙漠里来回认真地寻找着，他记得黑沙漠里有种叫作"虹玳"的植物，应该可以帮助植安奎康复。可是它们数量稀少，富有动物的灵性，经常在沙漠深处来回穿梭，生长位置并不固定。但是现如今，经龙卷风席卷后的黑沙漠出现大小不一的深坑，他想试试运气，看看能否遇到一两个虹玳。

他悄悄地来到深坑边缘，努力保持着身体的重心，伸出手臂舞出一个极富挑逗的动作，不断来回摇摆着。

虹玳常年被埋在黑沙漠下，并未见过光怪陆离的现实世界。它们有个致命的弱点，就是好奇心很强。

果然，深深的沙坑里，一个拳头大的红色物体正探出头来，打量着林沐夏左右摇摆的手臂。

他知道"猎物"已经来了，便沉住气，继续保持着同样的频率轻轻摇摆着。

哧溜—哧溜—

他可以听见虹玳被勾起兴趣后，兴奋难抑地朝他滚来的声音。

扑倒……

就在虹玳挺着圆滚滚的肚皮朝着他的手臂撞过来的时候，林沐夏立刻用前胸压住它，双手准确无误地抓住了它又鼓又软的身子。

虹玳知道自己受了骗，在林沐夏手掌中拼命挣扎。

林沐夏怕它钻地而逃，忙爬起来，将它抱离地面。

借助水晶球的光芒，林沐夏注意到他抓到的竟然是一个未成年的虹玳，滚圆的身体透着粉红，俨然还没有成熟。

"对不起了。"他咬了咬下唇，有些抱歉地对着虹玳翠色的小脑门用力敲了一下。

虹玳顿时发晕，不再挣扎了。

林沐夏连忙捧着萝卜头似的虹玳，朝着夏薇薇和植安奎奔过去。

这种富有灵性的植物是不可以绝杀的，只能给重伤之人食用它的汁液，用毕，还要把它掩埋在沙漠里，让它逐渐恢复元气。

林沐夏深知这个道理。

到了植安奎和夏薇薇休息的地方，林沐夏用指甲小心翼翼地在虹玳的肚皮上划了一个小口，透明如同水晶般的汁液顿时流入夏薇薇的口中，她的脸颊渐渐有了血色。紧接着植安奎也喝了一些汁液。

"辛苦你了。"林沐夏摸了摸虹玳的小脑袋，猛地发现，它头顶上的翠色已经消失不见，身体也迅速变成赤红色。

它竟然成熟了！

"哼，你这个大骗子！"

"咚"的一声，林沐夏的帅脸被虹玳猛地弹起的身子狠狠撞了一下，整个人也跟着翻倒在地上。

"对不起，我是为了救同伴。"林沐夏痛苦地捂住脸庞，苦苦解释着。

"去死吧，大骗子，哼哼。"虹玳哪里肯放过他，跳到他的肚皮上像皮球一般上下弹跳起来。

"这个是什么？"夏薇薇被吵醒了，她迷迷糊糊地看着正在林沐夏肚皮上肆虐的萝卜头大小的植物，疑惑地问道。

"是虹玳。"林沐夏一脸无奈地回答道。他现在要是把虹玳打晕，就有点太不人道了，可是他没有想到会遇到一个脾气这么坏的虹玳。

"卡哇伊！"夏薇薇看着虹玳圆滚滚的身体，虽然搞不清楚那是什么东西，可是它那执拗、霸道的表情，还有那不断弹跳的动作，看得让人心里发痒。

夏薇薇一把将它抢过来抱在手心里，靠着自己的小脸蹭了起来。

没想到这黑沙漠里还有这么可爱的东西，夏薇薇的心里美滋滋的，精神也好多了。

"放开我，好痒！好痒！好痒—"虹玑的声音极细，拼命挣扎起来，可是它越挣扎，身体的颜色就越重。

"夏薇薇，虹玑要变性别了，它……好像喜欢上你了。"林沐夏一脸苦恼地看着面颊微红、一脸醉意的虹玑。

作为"植物"的它们本来没有性别，但是一旦对某一种性别心有所属，就会立刻变成与之相反的性别。

"哈！"夏薇薇听林沐夏这么一说，发出更加花痴的声音，两只黑亮的大眼睛看着虹玑滴溜溜地转着，无比期待地说道，"我也喜欢你。"

夏薇薇话音一落，林沐夏简直无语了。

虹玑是注定不能离开黑沙漠的，难道夏薇薇要一直留在黑沙漠吗？

夏薇薇只是喜欢它的可爱，但是成熟的虹玑一旦认定了自己的所爱，这种爱就是刻骨铭心、生生世世不变。到时候就麻烦了。

"你该回去了，今天真的谢谢你了。"林沐夏凑近虹玑，柔声劝说道。

"哼，下次再也别让我看见你们。"虹玑从夏薇薇的手掌里跳出来，气呼呼地钻入沙地中消失不见了。

林沐夏长舒了一口气，事情总算解决了。

"沐，你再给我一粒安眠药吧。一觉醒来，紫色头绳就不见了。"夏薇薇目送虹玑消失，一拍脑门，顿时眉开眼笑。

林沐夏看着她一脸不知情的模样，心里明白她并不知道自己被紫色头绳迷惑心智后变得有多可怕。

"还是不要了吧。"林沐夏背过身子，小声嘟囔了一句。

"小气鬼。"夏薇薇抱怨道。她一扭头就看见了昏在旁边的植安奎，吃惊道，"植安奎的肩膀怎么受伤了？"

"刚刚……刮了一场龙卷风，他被划伤了。"林沐夏思忖了一会儿，答道。

"可怜的大魔王。"夏薇薇伸手很心疼地摸摸植安奎的脸。

林沐夏看着眼前的一幕，心里忽然一动，有时候说谎话，也是一件好事。

　　"看来头绳也没那么吓人嘛，蜥蜴骑士的赌约输定了！"夏薇薇信心满满地说道。

　　林沐夏心思沉重。他低下头，想了一会儿，笑着鼓励夏薇薇："对啊，蜥蜴骑士只会用些小伎俩。你一定可以活下来，我们也一定能走出黑沙漠的。"

　　植安奎这次受伤不轻，尽管他服用了虹玳的汁液，依旧整整昏睡了一夜，才终于清醒过来。

　　然而，他刚刚睁开眼睛就看见夏薇薇一脸傻笑，朝着吓得浑身发抖的林沐夏一步一步地走了过去。

　　植安奎一头雾水。然而他很快注意到夏薇薇头上的青色头绳，已经明白她估计又被五彩头绳迷惑了。想起她冷血地刺伤自己的场景，植安奎心有余悸。

　　"哈哈，植安奎，你醒啦。"夏薇薇停下脚步，把脸侧过去看着植安奎，一双眸子清澈明亮，脸上的笑容却傻傻的。

　　植安奎知道她不对劲，只是十分无语地点点头，准备伸手把她拉过来。

　　"植安奎，你千万不要碰她！"对面响起一个大叔般粗犷沙哑的声音。

　　植安奎吓了一跳，循声望去，正是从林沐夏口中发出来的。

　　"一言难尽，夏薇薇碰了我一下之后，我的声音就变了。"林沐夏刚刚说话，就立刻捂着嘴巴，一脸委屈地看着植安奎，"呜呜……我现在的声音好难听。"他万般无奈地垂下头，十分伤心地小声嘟囔了一句。

　　"植安奎，昨天晚上你受伤，我真的好担心你哟。"夏薇薇一把抱住正满头雾水的植安奎，一脸花痴地傻笑。

　　植安奎的身体僵了一下，有些不自然地挣了挣身子。据他所知，夏薇薇一直当他是大魔王看待的，怎么突然就变得这么热情了？

他的目光注意到闪着青色光芒的头绳，十分郁闷地闭了闭眼睛，没好气地推开她道："我不吃你这一套，赶紧清醒过来！"

然而，植安奎愣住了，刚刚那温柔似水的声音是谁的？

"哇，大魔王变得好温柔！"夏薇薇露出两排洁白的牙齿，发自内心地赞道。

"走开。"植安奎白了夏薇薇一眼。他努力想提高嗓门给夏薇薇一个下马威，可是话一出口就泄了一半的气，变成一句耳边的细语叮咛。

林沐夏目瞪口呆地看着往日强势又高傲的植安奎发出小绵羊般的声音，惊得下巴都快掉下来了。

"我不要走开。"夏薇薇任性地说。

"植安奎，我的肌肉长出来了。"林沐夏发出刺耳的惊呼声，他浑身变得硬邦邦的。原本单薄的身材，肩膀开始一点点变宽，胸膛和腹部也长出了结实的肌肉。

而植安奎这边，已经柔弱到连推开夏薇薇的力气都没有了。他的眼泪在心里暗自流淌，万万没有想到有一天他也会变成娘娘腔。

"人家心里好难过。"植安奎这句话刚刚说出口，正因突然变成猛男而吃不消的林沐夏被植安奎那"达文西叔叔附体"的气势吓到，鼻血立刻喷了出来，"砰"的一声倒在地上——他真的晕倒了。

黑沙丘上，四个蜥蜴骑士幸灾乐祸地围在一起。

看着夏薇薇一行人吃苦头，真比战斗有趣多了。

绿洲奇遇

植安奎一直黑着一张脸不说话，偏偏夏薇薇傻乐呵地缠着他，逼得植安奎直想发疯。

林沐夏也无法相信自己突然变成猛男的事实，身上的衣服都被肌肉撑破了，他好伤心。

"植安奎哥哥，我脚好痛，你可以背背我吗？"此时的夏薇薇只有三岁孩童的智商，看见植安奎就迫不及待地叫哥哥。

"上来。"他几次都想把身边的大傻瓜夏薇薇丢到黑沙漠算了，真够磨人的。可是犹豫再三，他还是会答应她无理的要求，蹲下身子背她。

"我来背你吧。"林沐夏走过去，粗声粗气地建议道。

"人家不喜欢林沐夏叔叔。林沐夏叔叔的胡子好吓人。"夏薇薇嘴巴一噘，欢天喜地地扑到植安奎的背上，还不忘伤害一回林沐夏。

结果，林沐夏更加忧伤了，他不知道自己变成肌肉男的意义何在，到底还是没博得夏薇薇的欢心，反倒被讨厌了。

"她现在只是个傻瓜，林沐夏，你别听她胡诌。"植安奎见林沐夏一脸受伤的表情，温柔无比地安慰道。

"我理解的。"林沐夏吃惊地看着植安奎，发现他果然变得善解人意了。唉，今日今时的植安奎，连达文西见了都要自叹不如啊……说起来，达文西和野栗恩被思嘉女神带走也有一段日子了。不知道他们那边情况怎么样……或者更糟糕？说不定达文西正眼泪汪汪地羡慕着植安奎、林沐夏、夏薇薇一行人的处境呢。

"谁是傻瓜，我才不是傻瓜呢！讨厌讨厌！"植安奎的话刚刚说完，趴在他背上的夏薇薇就不乐意了，对着他的脑袋又挠又扯的。

"我没说你。"植安奎被她折磨得抓狂，可是骨子里像是中了毒，一点怒气都发不出，只好柔声哄她。

"那你说谁？"夏薇薇一脸较真，继续扯他的头发。

"我说林沐夏！"植安奎很抱歉地看了一眼林沐夏，希望他谅解。

"这还差不多。"夏薇薇听到这句话，才满意地松了手，可惜植安奎的头发已经被挠成了鸡窝。

林沐夏郁闷地垂下头，心里一片凄凉。

咕噜咕噜，他的肚子饿得乱叫起来，紧接着胃里一阵痉挛的痛。

他用手按住肚子，一直没吃东西的他真的快要晕过去了。

然而抬头望去，漫漫黑沙漠，无边无际。

忽然，黑色的烟雾散去，从天而降的白色光芒比水晶球的光芒还要耀眼一百倍。

一片郁郁葱葱的景象映入眼帘！

"植安奎，你看那是什么？"

林沐夏立刻欣喜地嚷了起来，声如洪钟。

难道说是绿洲吗？黑沙漠也有绿洲！

植安奎难以相信地揉揉眼睛，他一脸狂喜地看了一眼林沐夏，两人眼神交汇，迈开长腿朝着生机盎然的绿洲狂奔过去。

一弯月牙形状的湖泊首先映入眼帘，碧绿的胡杨树沿着水边茁壮成长，林木上空片片丝状的白云飘荡，天空蓝得透亮。

"有水！"夏薇薇从植安奎背上滑下来，扬起双臂就要下到河里玩水。

"等一下。"植安奎和林沐夏见状，都惊叫着去拦她。

"我又渴又累，你们干吗拦着我！"夏薇薇不愿意了，嘟起嘴巴发脾气。

"不是不让你玩水，你看水这么清，如果弄浑了别人就没法喝了，你说是不是呀？"植安奎好言好语地劝说道。

这话一说出口，他就浑身抖了几下，好啄的声音。

"也是哟。"夏薇薇乖巧地点点头。

植安奎暗自舒了一口气，夏薇薇倒也好哄。

然而他还没回过神，"扑通"一声，夏薇薇已经纵身跳入河里，嘻嘻哈哈地拍打起了水花。

植安奎的肺都要气炸了，刚刚她还答应得好好的，怎么一眨眼的工夫她就跳下去了呢？夏薇薇怎么可以如此无视他的话！

"夏薇薇，你要是不出来，我就亲自抓你出来！"林沐夏站在河边，掀起袖子露出结实的手臂，做出了一个极为健美有力的动作，胳膊上的肌肉绷得硬硬的，威慑力十足。

没想到这招竟然有效，夏薇薇见林沐夏语气严厉，很自觉地从河里爬出来，一脸哀怨地看着林沐夏，浑身湿漉漉地走到了植安奎身边。

"讨厌。"

夏薇薇孩子气的抱怨声，还有低着头用眼睛剜林沐夏时那敢怒不敢言的表情。果然，她现在只有三岁小孩子的智商和情商啊！

植安奎拍了拍林沐夏的肩膀，耸耸肩膀，有些无奈地说道："看来你变成肌肉男还是有好处的，至少她听你的话。"

林沐夏的脸立即黑了，他可不想让夏薇薇怕他，可是事情偏偏悖着他的心意来。

"好久不见。"

伴随着如同泉水般清亮的问候声，一个穿着白色纱裙的女子朝他们缓缓走来。

她的头上顶着一个陶罐，长长的黑发编成了一条大麻花辫子，斜放在胸前，发梢一直垂到了膝盖。如玉石般圆润的脸上，一双黑亮的眸子如海中星光，一颦一笑让天地骤然失色。

"好久……不见。"植安奎一时间想不起来这人是谁，偏偏自己又是娘娘腔的声音，他只好十分别扭地应了一声。

"扑哧"一声，女子忍不住笑了起来。她迅速打量了一眼植安奎等三人，灵气逼人的眸子微垂，想了一会儿，才笑着说道："我是艾普丽啊，我们在东海里见过面，忘记了吗？"

"对！"植安奎也想起来了，那次相见他们都泡在水里，看不真切彼此，只觉得她美丽不同凡人，可是没想到会在这偏僻恶劣的黑沙漠见面。

然而当他听到自己尖细女气的声音，顿时感到尴尬极了。这声音要是给了达文西，他指不定有多开心呢！

"咳咳，对不起，沙漠太干燥，我的嗓子有点哑。"植安奎不好意思地清清嗓子，补充道。

艾普丽笑而不语。她优雅地弯下腰，将水罐放到河边，打了满满一罐水放到植安奎面前。秀丽的手指对着罐口轻轻一挥，脸上依旧是一抹浅浅的笑意，问道："他们是你们的伙伴吧？"

植安奎连忙凑过去看，只见水罐里逐渐浮现出达文西和野栗恩的身影。

"好漂亮！"夏薇薇也凑了过来，看到水罐里浮出的景象时，忍不住惊呼出声。

欧式宫廷般古典风格的屋子里，金色和棕色的花纹布满房间的每个角落，显得屋子格外奢华瑰丽。客厅里金棕色的落地窗帘配着白色的蕾丝窗帷，窗边放着小提琴架和琴谱。豹纹的地毯上有一个金色支脚的古典浴缸，达文西正一脸惬意地躺在浴缸里泡花瓣浴。

"野栗恩，你确定不需要泡澡吗？"达文西将手心里的泡泡吹散开来，问背着身子站在门口的野栗恩。

"不要跟我讲话！"野栗恩的声音极为冷漠，还压抑着怒气。

他正在研究如何打开门上的金锁。

"反正我们在这里好吃好喝，干吗要费那么大的力气逃走？我觉得这个地方不错。"达文西一脸无所谓的表情，他端起放在浴缸旁边的红酒，优哉游哉地品了一口，绝对醇香上乘的味道在舌尖蔓延开来。

"达文西，你难道不怕思嘉那个女巫把我们养肥了宰了吗？"野栗恩再也忍不住了，他扭过头，一脸嫌恶的表情看着达文西。

"咳咳……"

听到野栗恩的话，达文西惊得被一口红酒呛住了。

"哗啦"一声，达文西直接从浴缸里站了起来，他气咻咻地指着野栗恩："臭小子，你不要一天到晚给我板着脸。我们被关在这里恐怕一辈子都出不去了，再不好好享受生活，等到真被宰就没机会了！呜呜……"达文西想到自己时日不多，恐怕连见到夏薇薇的机会都没有了，心里就开始发酸。

"啊——"野栗恩发出一声尖叫，他捂住双眼，大声吼道，

"喂……喂……喂！达文西，你……你……你……能穿上衣服再出来吗？"

接着是一道劲风，野栗恩抓起一件白色的浴袍，对准达文西的脸扔了过去，"啪"的一声，被浴袍撞出浴缸的达文西倒在了豹纹的地毯上。

"呜……腰……我的腰……"达文西以一个极为诡异的姿势趴在地上，身上还沾着玫瑰花瓣，他跌出浴缸时腰"咔嚓"响了一声，便爬不起来了。

野栗恩咬紧下唇，丝毫不理会痛苦呻吟的达文西。

他不知道思嘉到底在搞什么鬼，连续三天把他和这个娘娘腔的男人困在一间屋子里。自己一点魔力都使不出来。更加过分的是，达文西完全没有警惕性，每天只知道吃喝、泡澡、睡觉，简直太气人了！

"看样子，他们过得不错。"林沐夏有些羡慕地看着水罐里的达文西和野栗恩，可以在黑沙漠里住着贵族的房子，泡澡、喝红酒，简直太享受了。而他们这些天来，缺吃短喝，又遭遇龙卷风，简直苦不堪言。

"那个点心看起来好美味的样子。"夏薇薇摸摸肚皮，指着水罐里的驼色实木圆桌上的草莓点心，馋得直流口水。

植安奎和林沐夏也咽了咽口水，早知道还不如被思嘉抓走呢。

"吱嘎"一声，原本紧锁的门突然被推开了。

首先进入屋子的是三个女仆，她们恭敬有礼地对着野栗恩甜甜一笑。为首的女仆对着门口点点头，伴随着轮子从走廊滑过的轱辘声，两个挂满各式各样服装的铁衣架被拉进了屋子。

达文西惨兮兮地从地上爬起来，见到如此多的女孩子，顿时羞得满脸通红，忙套上浴袍。

"小姐，请问您想穿哪一款服装呢？这些都是意大利设计师为您量身定做的。"一个打扮乖巧的女仆对着野栗恩微鞠一躬，闪动着双眼建议道。

小姐？这群女仆也太白痴了吧？对着男生叫小姐。

野栗恩细眉一挑，语气冰冷地说道："叫思嘉来见我！"

"对不起，这正是思嘉女神的吩咐。"小女仆依旧不罢休，解释道。

野栗恩的脸色更加难看了，他猛地朝前走去，试图闯出屋子。

小女仆早就看出端倪，她用眼神示意身边的其他女仆，野栗恩就被抓住了。

"大家有话好好解释，我想你们弄错了，他是个浑小子，不是什么小姐。"达文西见起了冲突，连忙跑过去劝架。

"思嘉女神的话我们不能违背。"女仆性子极为倔强，不依不饶。

"说了你们还不信！"达文西也不高兴了，他一把搂过野栗恩，大手掌拍拍他扁平的胸部道，"看见了吧，他根本就是一个男生……"

"啪"的一声，达文西的话还没说完，野栗恩扬起手臂一巴掌打在了他的脸上。

"你……"达文西捂住火辣辣发痛的脸，一脸气愤地看着恼羞成怒的野栗恩，自己明明是在帮他啊！

然而，当他注意到野栗恩那涨红的小脸和颤抖的双眸，还有脸上别扭、懊恼的表情，他顿时明白了，难道说……不会吧？野栗恩是个女孩子？那他的手刚刚摸的地方……他发誓，他真的不是故意的！而且什么都没有摸到。达文西顿时感到无所适从。

"刚刚你们看到了吧？我不是女生！"野栗恩对着女仆们怒吼道，恶狠狠地瞪着达文西。

"呵呵，我可以作证，他是男生。"达文西配合着撒谎，心里却像是有只小鹿在跳。

"那我们再向思嘉女神汇报一声。"为首的女仆也有些摸不清楚状况,她们一行人神色疑惑地退出了屋子,顺便掩上了房门。

气氛顿时尴尬起来。

"咳咳……你的手劲还真挺大的哈。"达文西清了清嗓子,转身到冰箱里找冰块,他可不想肿着一张脸。

野栗恩瞪了他一眼,低下头咬紧下唇。

"都是出自名家之手,穿上应该很漂亮吧!"达文西一手拿着冰块敷脸,凑到衣架旁挑选着各种不同款式的衣服,两只眼睛直放光。然而他拿到胸前一比,不免遗憾起来,"啧啧,只可惜衣服的尺码太小了。"

野栗恩用看怪物的眼神注视着达文西,难道他就不知道大家都身处险境吗?还有兴致看衣服!

"哎呀呀呀,真是想不到呀想不到,你居然是女生哟?呵呵!"达文西走到野栗恩身边,用手指戳戳她瘦弱的肩膀,干笑着说道,"虽然不太看得出来,不过刚刚我真的不是故意的,嘿嘿。"达文西越解释越尴尬。

野栗恩的肩膀猛地抽走,不让达文西碰到。

"我呢?从小到大都爱穿女装,你知道为什么吗?"达文西见野栗恩抗拒,只是淡淡一笑。

"关我什么事!"又冷又不耐烦的声音。

"我小时候身体很弱,个头又很小,经常被同龄的男孩子欺负。我一旦哭鼻子,就会有大人说我是个胆小鬼,不像个男子汉。后来我发现,小女孩哭了,大人就会温柔地哄她们。于是我就开始偷偷穿女装,模仿小女生,果然男孩子也不那么粗暴地对待我了。还有一些大人,他们见到我哭,都会主动来安慰我。渐渐地,我就爱上女装,不想穿男装了。"达文西轻叹了一口气,娓娓说道,"我一直觉得穿上女装会受到保护，大家不都喜欢娇弱的女孩子吗？"

野栗恩没有答话，只是若有所思地垂下头。

身为孤儿的她何尝不是如此，穿上男装才让她感觉到自己变强，有能力保护自己不受到任何伤害。这一点她跟达文西倒是同病相怜。

"我知道为什么思嘉把我们抓过来了，因为我是个男人却爱穿女装，但是你是个女生，却扮成了男孩子。"达文西如释重负他伸出手掌揉了揉野栗恩凌乱的头发，眼底透出几分怜惜。

得知她是女孩子，达文西的心骤然软了下来，就像对待夏薇薇一般。而且因为知道了野栗恩是女孩子，细看之下，达文西竟然觉得她的眉眼和夏薇薇也有几分相似呢，都是俏丽清秀的模样。

"哼，不要碰我！"野栗恩倔强地撇过头，抱着双膝说道。

"噗"的一声，植安奎笑了起来。

虽然野栗恩跟夏薇薇一样年纪，但是两人的个性多么不同啊！夏薇薇调皮任性却招人疼，野栗恩却像仙人球，谁碰扎谁。

门忽然被打开了。

一身白旗袍的思嘉在人群簇拥中快步走了进来，她将折扇放到唇边，半掩着脸威慑道："我可爱的小公主，只要你乖乖听话，我会好好对待你的。"

"什么可爱的小公主？你搞错了吧？"野栗恩愤怒地站起身问道，"你到底想干什么？"

"不干什么，只是想让你穿上这些华美的衣服。"思嘉薄唇勾起一抹诡笑，锐利的眸子闪着邪恶的光芒。

"哼，休想！"野栗恩咬紧牙关，身体开始泛出紫色的光芒。

"我的小公主，在这个屋子里如果你强行施展魔力的话，会五脏俱损，到时候可别怪我没提醒你哟。"思嘉满脸不屑的表情。

"我来穿！"达文西把野栗恩往身后一拉，主动站出来说道。

就算塞，他也要把自己硬塞进衣服里。

"呵，有意思。"思嘉笑了起来。

突然，她杏眼上挑，瞳孔骤然缩紧，怒道："谁在偷看？"

绿洲里，植安奎一行人的目光与思嘉的眼神撞了个正着，大家不由一阵心慌。

思嘉双眼冒火，她用力一挥手里的折扇。水罐里顿时混沌一片。

第5章
艾普丽的心愿

🎀 燃烛噬命
🎀 豪华宫殿

【出场人物】
植安奎，林沐夏，夏薇薇，艾普丽，达文西，
野栗恩，赤力格，思嘉，四大蜥蜴骑士

【特别道具】
圣女的水罐

燃烛噬命

"被她发现了。"植安奎一行人吃了一惊,没想到思嘉的魔力如此强大,竟然可以感觉到有人在偷窥。

"我没有想到野栗恩竟然是个女生,她一直以来都伪装得很好。"林沐夏依旧无法适应,叹道,"真不知道思嘉要怎么对付他们,而且在那个房间里,野栗恩还没有办法使用魔力。"

"我见过她。"夏薇薇食指戳着太阳穴,一脸思索的表情,样子呆呆的。

"你见过思嘉?"植安奎有些诧异。他不确定夏薇薇的精神状况是否正常。

"是啊,她跟这位姐姐一起来过'彩虹之穹'的。"夏薇薇指着艾普丽,认真地说道。

"思嘉是我的姐姐,我们都做过'彩虹之穹'的待选圣女,但是她落选了。"艾普丽点点头,苦笑道。

植安奎和林沐夏诧异地看着艾普丽，没有想到思嘉那种腹黑邪恶的女子也想做圣女。

"这水罐原本有一对，当年思嘉不小心打翻了一只，因此她被取消了资格。"艾普丽声音低沉，语气中透露出些许遗憾，"后来她就变得喜怒无常了，并且沉迷于奢华的生活，独裁地统治着黑沙漠。"

"那就没有人来管她吗？"植安奎试探地问道。

"只有一个办法。"艾普丽把水罐高高举起，目不转睛地盯着植安奎道，"只有这只水罐可以收服她，只是目前我们没有人可以做到。"

"为什么？"植安奎问。

"因为这水罐只能被最纯洁的人用魔法驱动。可惜的是你跟夏薇薇都是不洁之人，怕是无法驱动。"艾普丽摇摇头。

"那么我呢？"林沐夏紧张起来，他现在变成了肌肉猛男，或者可以有些用处。

"你没有魔力，而我不可以亲手伤害同门姐妹，这是我们家族一直以来的契约。"

"艾普丽，你还记得东海的小爱殿下吗？我一直很奇怪，为什么她一直说我跟夏薇薇是臭臭的人。"植安奎早就开始怀疑这件事了。

"小爱啊。"艾普丽说到这个名字时，清澈的眸子明显颤了一下，泪水模糊了双眼。

植安奎记起当年小爱出生之际，艾普丽被毫不留情地驱逐出东海的事，也不免有些惭愧，觉得自己不经考虑就提起这件事，未免过于鲁莽。

"你还记得魔法岛的钻石高塔吗？你们与'彩虹之穹'的大皇子波尔冬争夺魔女的钥匙，最终那座钻石高塔突然坍塌，你被囚禁在高塔中的二分之一灵魂由此得到释放，我却仍旧被困其中……"艾普丽的声音里毫无怨恨，有的只是清澈与空灵。

"当然记得。夏薇薇为了拿到魔女的钥匙，释放我的二分之一灵魂；

波尔冬也想要那把钥匙，还你自由。"植安奎说。

艾普丽看着植安奎，微微点了点头："在高塔崩塌的那一刹，无数黑色钻石碎片碎裂开来，一颗黑钻碎片直接坠入了夏薇薇的心里。这颗碎片带着魔法毒性，'蔷薇劫难'也与此有关。于是全世界的蔷薇花都开始枯萎，这也是为什么她长久无法康复的原因。"艾普丽皱紧眉头，无奈地解释着。

"那你有什么办法救她吗？"植安奎恍然大悟，他瞥了一眼正蹲在河边看小鱼游过的夏薇薇，像是抓住一棵救命稻草一般扯住了艾普丽的衣袖，她毕竟是圣女。

"黑钻的毒素正缓缓地在夏薇薇身体里扩散，但我们不能强行取出黑钻。"艾普丽连连摇头。

"你们在商量什么？植安奎哥哥，这里有鱼！不知道可不可以抓来吃。大家肚子好饿，是不是？"夏薇薇手里拿着胡杨树枝，眼睛亮晶晶地看着河里的小鱼，颇有一副想要跳下去抓鱼的架势。

"别急，等会儿弄来给你吃。"植安奎强装出一个笑脸哄夏薇薇，心里却很不是滋味。刚刚燃起的希望又破灭了，连圣女艾普丽都没有办法救她吗？

"好嘞好嘞！"夏薇薇一听，立刻欢呼起来。

"我不知道你们有没有听说过喜马拉雅山上的银狐大人，据说他拥有一件绝世珍宝，可以压制毒素。你们可以带着夏薇薇试试。不过在此之前，你们必须经过思嘉这一关。"艾普丽建议道。

"要怎么做？"植安奎立刻变得精神抖擞。天下所有法宝，只要可以救夏薇薇，他就算是赴汤蹈火，也要去找。

"植安奎，这个水罐可以净化你被污染的灵魂，但是你必须在蜡烛燃尽的时候逃出陶罐。"艾普丽神色严峻地看着植安奎。

"如果没有及时逃出，会怎样？"植安奎知道事情不是闹着玩的。

"会被水罐吞噬，从这个世界消失。"艾普丽低声说道，"是真正的消失。这不是魔术，这是魔法。你知道会有多严重的后果……"

"植安奎，要不我来吧，你这几天太累了。"林沐夏走过去拉住他。

"你没有一点魔法，连罐子都进不去！"植安奎立刻拒绝，心里却漾起一股暖流。经历了这么多事，大家开始互相体谅了，连林沐夏都要来冒险。他越发觉得他们的友谊更加深厚了。

"你准备好了吗？"艾普丽把陶罐里的水倒掉，缓缓地伸出右手，手掌上顿时出现了一根蜡烛。

"准备好了。"植安奎最后看了一眼夏薇薇，为了守护公主，他一定会出来的！

植安奎驱动魔法，身体开始一点点变小。

"植安奎哥哥，你要干什么？"还处在懵懂状态的夏薇薇见植安奎身体出现变化，一脸愕然地扯住他的袖子。

"我从这里拿好吃的给你。好吃的全在这里面呢。"植安奎的大脑迅速旋转，知道现在的夏薇薇也不懂什么，干脆随便编出一个理由哄她。

"好嘞！"夏薇薇高兴地鼓起掌来，双眼眯成了一条线，还推了植安奎几下，语气急切地说道，"拿到后要快点出来，我们都在这里等着。"

植安奎点点头。他扫了一眼大家，除了夏薇薇一脸天真烂漫，林沐夏和艾普丽都神情凝重。

他深吸了一口气，纵身跳进了陶罐。

黑暗中，一种强烈的窒息感压迫着他的胸口，身体也像是被刀片刮过一般痛。

陶罐外，艾普丽点燃了蜡烛。林沐夏连忙走过去用手护住烛光，生怕被风吹灭了。

"好好玩。"夏薇薇完全不知情地在一旁鼓掌。

艾普丽低下头，夏薇薇大概不知道，这根蜡烛就是植安奎的生命，燃尽时也是他灰飞烟灭之时。

时间一分一秒地过去，陶罐发出嗡嗡的声音，好像随时要爆裂开来。

夏薇薇吃着艾普丽带过来的点心，刚刚开始还挺开心的，可是见林沐夏和艾普丽的脸色不好看，她也不吃了，只是盯着燃烧了一半的蜡烛发呆。

"去拿吃的要那么久吗？我现在已经不想吃了。"夏薇薇眼巴巴地看着艾普丽，一脸不安的表情。

"应该快了。"艾普丽看着逐渐变得微弱的烛火，她知道植安奎遇到麻烦了。

"小夏薇薇不吃了，你让植安奎哥哥出来嘛！"夏薇薇隐约感觉到了什么，她跑过去抱着陶罐摇晃起来。

"夏薇薇，别闹！"林沐夏连忙过来制止。

"我一分钟看不见植安奎哥哥，心里就害怕。"夏薇薇被林沐夏扯住胳膊，鼻子一酸，一脸委屈地哭了起来。

艾普丽拿来甜点和樱桃哄她，可是夏薇薇什么都不吃，就是嚷着要植安奎出来。

烛火更加弱了。

艾普丽无暇顾及夏薇薇，连忙施起魔法助燃。

林沐夏一边劝夏薇薇，心里还挂念着陶罐里的植安奎。

"沐，植安奎呢？"耳边忽然响起夏薇薇略带沙哑的声音，早已不是之前的幼稚儿童。

林沐夏心头一震，只见夏薇薇捆住的头发披散下来，发带的魔力已经消除。从她那清澈的眸子里，林沐夏认出这才是自己熟悉的那个夏薇薇。

"太好了！"林沐夏心里一喜，夏薇薇总算恢复正常了。激动之余，他一把抱住了夏薇薇。他们刚刚挨到彼此，他腹部的六块硬邦邦的肌肉也跟着消失了，说话的声音也变了回来。

做自己真好！林沐夏不由得满心感慨。

"幸好时间一到，蜥蜴骑士的青色头绳失去了作用，植安奎应该没问题了。"艾普丽看着手里的烛光逐渐恢复正常，眼底泛着喜悦。

夏薇薇立刻把目光定格在地上的陶罐上，燃烛噬命，这种魔法她是知道的。心里不由得一沉，那蜡烛竟然已经燃了一大半了。

时间一分一秒地过去，夏薇薇始终不发一言，她看着逐渐变短的蜡烛，双拳紧握，胸口如同重石碾过般沉重。

"植安奎为什么要跳到水罐里去？"夏薇薇盯着林沐夏问道。

"圣女说只有纯洁之人才能使用水罐打败思嘉，植安奎的灵魂被黑钻塔污染过，他正在接受水罐的净化。"

"艾普丽，你手里的蜡烛是跟植安奎的生命相连的吗？"夏薇薇话音刚落，眼角便湿了。

艾普丽点点头，不再言语。

"圣女，这蜡烛……"林沐夏看着已经快要烧尽的蜡烛，惊得彻底无语，这小小烛火竟是植安奎的生命吗？可是陶罐却一点动静都没有，顿时紧张得屏住了呼吸。

艾普丽轻咬牙关，又施展了一道魔法。

然而烛光却变得更弱了，艾普丽的魔法竟然不顶用了。

难道说植安奎快挺不过来了吗？

"植安奎，你要是不立刻出来，我绝对不会原谅你的！"一直压抑着情绪的夏薇薇忽然伏在陶罐前，对着罐口歇斯底里地喊了起来，眼泪如同断了线的珠子，啪啪地跌入陶罐内。

"砰"的一声，躺在罐底气若游丝的植安奎心跳猛地加速，他缓缓睁开眼睛，刚才他好像听到有人在呼唤他。

然而他还未直起身子，一道猛火立刻裹住了他，噼里啪啦地燃烧起来。

伴随着肌骨被焚的灼痛感，植安奎无力地倒了下去。

他万万没有想到净化灵魂竟然是无数次烈火焚烧，秃鹰食肉。每次死亡之后，他都会重生，可是他的魔力和神气也会跟着变弱，到最后竟然连站起来的气力都没有了。

"植安奎，你说好了要守护我。你再不出来，我就跳下去抓你出来！"夏薇薇一边哭一边喊着，她感觉植安奎隔自己这么远，她根本看不到他，也不知道他能不能听见她的声音。

植安奎清晰地听到了，是夏薇薇在呼唤他。

他忍不住笑了起来，哪怕是为了她，也要再次站起来的！

呼啦一片巨响，一群扇动着羽翅的秃鹰朝着植安奎扑了过去，黑色的翎羽乱飞，四周响起刺耳的叫声，他刚刚站直的身体再次被扑倒了。

夏薇薇不见植安奎出来，她咬紧下唇，从牙缝里挤出缩身咒语，纵身就要往下跳。

"小夏薇薇，别乱来！"有人从后面抱住了她，一个熟悉的声音传入耳中。

满脸是泪的夏薇薇精神恍惚地循声望去，只见一身赤色战袍的波尔冬正满眼怜惜地盯着她。

"波尔冬哥哥！"夏薇薇本来就心里难过，见到大哥，眼泪更是把持不住，一头扎进波尔冬的怀抱，失声痛哭起来，"你这么长时间都到哪里去了啊？"

"莫哭莫哭。我和艾普丽原本在魔法岛躲清静，知道你们在黑沙漠遇到难关，特地过来帮忙的。"波尔冬的大手轻拍着夏薇薇颤抖的后背，温和地在她耳边安慰着。

"波尔冬哥哥，你把植安奎救出来，他要死了！"夏薇薇越哭越难过，捶打着波尔冬的前胸，哭得上气不接下气。

波尔冬对林沐夏使了一个眼色，他把哭得浑身发软的夏薇薇送到林沐夏身旁，眼神坚定地朝着艾普丽走去，两人眼神交汇，千言万语尽在不言中。

"火之魔术！"波尔冬握住艾普丽捧住蜡烛的手，两人猛地一跃至半空中，衣袂翻飞的瞬间，原本已经要熄灭的蜡烛顿时释放出巨大的火光。

"嘭"的一声炸响，植安奎的身体迅速从陶罐里跃出，倒在了地上。

"植安奎！"夏薇薇不顾一切地扑了过去。植安奎的身上满是伤痕，让夏薇薇心疼不已。她的手指探向他的鼻息，又哭又笑地抬头嚷了起来，"他还活着！谢谢哥哥和艾普丽。"

"小夏薇薇，哥哥这次来是向你告别的。"半空中，波尔冬宠溺的目光盯着夏薇薇，缓缓说道。

"你要去哪儿？"夏薇薇抹了一把眼泪，眼见着他跟艾普丽双手相握，满脸幸福的模样，心里五味杂陈。

"我要和艾普丽一起，找个世外桃源，一辈子不离不弃地过日子。"波尔冬微微一笑，赤红的双眸竟然无限温情淡然。

"那我们还能再见面吗？"夏薇薇心头一颤，刚刚憋回去的眼泪又要掉下来了。

"那个地方只有我和艾普丽知道。"波尔冬和蔼地看着夏薇薇说，"也许是最深最深的海底，也许是最高最高的山巅……我不能告诉你那是哪里，我们不想被人找到。"

"嗯，明白了。你们要幸福哟！"夏薇薇噙着泪说。

"你也一定要加油，好好活下去。"波尔冬对着夏薇薇做了一个加油的动作。

"夏薇薇，你若见了我姐姐思嘉，代我向她道歉。她并未犯下天条，那水罐本就是破的，不是她打碎的。可是我如此眷恋波尔冬，只有做了圣女才能每日见到他。我没给她作证，害她被取消了圣女资格，是我太自私。这水罐收了姐姐后，会自行净化她。等她从此罐出来之时，修行百年，便可继续参选圣女。"艾普丽惭愧地低下头，一滴泪凝结在她的眼角，终于落下。

"你姐姐该恨的人不是你，她的水罐，是我故意弄破的。"波尔冬伸手揩去艾普丽眼角的泪花，声音发颤地说道。

夏薇薇一行人简直惊呆了！

原来思嘉也是受害者！

还没等夏薇薇做出回应，波尔冬和艾普丽已经相拥着消失在了一片白光中。

躺在地上的植安奎逐渐清醒过来，他怔怔地望着夏薇薇的背影，如果不是她的声声呼唤，他恐怕早就支持不住了吧？而那一刻，她竟然愿意不顾一切地跳下去跟他甘苦与共。他心底逐渐泛出一股暖流，守护着这个臭丫头的同时，没想到她也固执、倔强地守护着他。这个世界从来没有绝对。他真想看看她那张哭红的小脸。

"夏薇薇，你总算变成正常人了！"他闭了闭眼睛，没好气地说道。足够引起她的注意力了。

"你吓死我了。"夏薇薇吃了一惊，她扭头看着植安奎，又喜又怕，撇撇嘴想哭。

"知道你刚刚哥哥、哥哥地叫我，让我有多伤脑筋吗？鸡皮疙瘩都掉了一地！"植安奎站起身，环着双臂冷眼看着夏薇薇。

她果然又要哭了，眼泪还真不是一般地多啊！

"我叫了吗？"夏薇薇反手指着自己的脸，辩驳道，"我叫的是波尔冬哥哥，刚刚是他救了你！"

"扑哧"一声，林沐夏忍不住笑了起来，他抱起地上的水罐，高悬的心总算放下了，笑道："现在我们要去救达文西和野栗恩了，他们还被思嘉关着呢。"

"对对对。"夏薇薇连连点头，瞥见一旁未吃完的点心，连忙手忙脚乱地打包起来，"这些要给达文西留着。"

"我估计他一点都不饿，思嘉可是好吃好喝地养着他们呢。"植安奎鼻子冷哼一声，不再理会夏薇薇。三人继续上路，开始了他们在无边无际的黑沙漠里新的探险。

豪华宫殿

寒风嗖嗖，夏薇薇冻得浑身直打寒战。

连续三天她不停地换头绳，意识几度被控制，脑袋也有些昏昏沉沉的。可是看见手里仅剩的两根头绳，她又不想半途而废，一咬牙，她把红色头绳扎了上去。

她刚刚走了几步，便听见身后的沙漠里响起嚕嚕的声音。

一扭头，沙漠平静极了，什么东西都没有。

夏薇薇纳闷地转过身，继续往前走。

"抓住你了！"植安奎走在夏薇薇身后，他也意识到了有东西跟踪夏薇薇，便立刻施展冰术，冻住了在沙地里滚动的神秘东西。

咔咔……晶莹的冰面破碎开来，一个浑身赤红的球状植物在地上滚动起来。

"我来找夏薇薇的！"那球状植物哧溜溜地朝着夏薇薇的身旁跑去，就地一弹，稳稳地落在了她的肩头。

"它是沙漠虹玳，跟着我们有百益而无一害。"林沐夏制止住要出击的植安奎，解释道。

"哼！"虹玳小肚皮一挺，骄傲起来。

夏薇薇有些惊诧。她摸摸虹玳的肚皮，逗趣着嘻嘻笑了起来。

植安奎信任林沐夏，便不再理会，一行人随着水罐指引的方向，朝着思嘉的豪华宫殿走去。

水罐里映出一个巨大的哥特式建筑，层层黑雾笼罩在尖塔顶端，距离他们越来越近了。

沙漠的风骤然停止，前方是一片灰蒙蒙的景象。

"前面不远就是思嘉的宫殿了。"虹玳从夏薇薇的肩头滑下来，它动作极为敏捷，在地上迅速滚成了一个大的沙球。

"轰隆"一声，原本极难攻破的结界就被虹玳撞出了一个大窟窿。没想到小小虹玳竟有如此威力。

植安奎一行人丝毫不敢懈怠，连忙钻了进去。

然而，一群浑身长满毛刺的沙漠红蚁和扭着身子的光头美女蛇也跟着怒气冲冲地进来了。

夏薇薇头上的红色头绳是萃取蚁后的血炼成的，蜥蜴骑士同时还借用了美女蛇韧性极强的头发，终于做成了红色头绳。

如今它们就是来寻仇的！

一行人已经可以望见思嘉的宫殿了——黑沙漠中矗立着一幢与水罐映出的一模一样的建筑，华贵的实木门前铺着一条红地毯，地毯下汹涌奔流的黑沙粒让人惧怕。

夏薇薇惴惴不安地踩在扭曲的红毯上，生怕一不小心跌入流沙中。

忽然，她的手被牢牢抓住了。植安奎默不作声地牵住她，把她往红毯中央带。

夏薇薇感激地看了他一眼，心头微微一动。

她还没走几步，红毯急剧地扭曲起来，她的身体被弹起来，吓得她尖叫起来。

"嘎吱"一声，她肩上的虹玳对着硕大的沙漠红蚁狠狠吹了一口气。

红蚁的身体瞬间变成两截，淹没在流沙中。

植安奎立刻驱动红宝石，将林沐夏和夏薇薇笼罩起来。沙漠红蚁成群结队地裹住了红宝石结界，渐渐地，眼前就多了一个红蚁球。

他丝毫不敢松懈，红蚁的噬咬能力和身上的毛刺都会对宝石结界产生破坏。

"寒冰术！"植安奎驱动魔法，红蚁被冻成冰粒，从宝石结界上掉了下来。

他注意到沙球内的小虹玳不断舞动着身体，晶莹的红光准确地修复了破损的结界。

"还我们的头发！"身后响起一片妖娆愤怒的女声。

一群光着头的蛇身女子双眼冒火，朝着红宝石结界拥来。

植安奎惊了一下，他还从来没有见过数量如此之多的美女蛇，略估算一下大概有上千条。

她们最擅长迷惑人心，只要和她们的眼睛对视，就会被迷惑心智，立刻成为她们的腹中美食。

"大家闭上眼睛，千万不要看她们！"植安奎立刻提气，闭上眼睛，凝造了一个冰盾挡在了面前。

耳边响起美女蛇的惨叫声，植安奎只能凭声音来判断她们的位置。

腿上骤然一软，一条美女蛇已经盘上了他的腿，柔软的身体盘旋而上。

他闻到一股刺鼻的香味，只觉得头晕目眩。

"人家的长头发被那群混蛋蜥蜴骑士给偷走了，人家心里真的好难过的。"伴随着一声妖娆甜腻的声音，柔软的手指轻抚过植安奎的脖子。

植安奎屏住呼吸，手臂上的青筋暴露，他的手指迅速凝结出无数冰钻，怒吼道："识趣的就赶紧离开！"

"怎么会没有仇怨呢？你的七公主正带着我们的头发四处炫耀臭美呢！"美女蛇声音嗲嗲的，讽刺又魅惑。

"那就别怪我不客气了！"植安奎猛地抛洒出手里的冰钻。美女蛇受了伤，又哭又叫地散开了。

她们总是在沙漠里迷惑路人，却不知植安奎竟然丝毫不为所动。

"你们这等污秽下流的东西怎么敢闯入我的宫殿？！"

宫殿的大门"砰"的一声被推开了。

思嘉满脸愠怒，风姿绰约地立在门口。她猛摇羽扇，沙漠红蚁和美女蛇惨叫着被掀飞到了流沙下面。

就在夏薇薇和虹玳快要抵挡不住之时，巨大的红蚁被思嘉一扇掀了个干净，他们这才跌倒在红毯上喘息起来。

夏薇薇头上的红色头绳化作丝丝红雾，渐渐散去了。

"几个小鬼，你们竟然敢私闯我的小屋，活得不耐烦了吗？"思嘉两条细眉上吊，怒道。

"大家井水不犯河水，你把达文西和野栗恩放了我们就走。"植安奎说着将水罐藏到了斗篷下面，愤怒地盯着思嘉。

思嘉手里的折扇实在厉害，让人不可小觑，他必须要小心行事。

"呵，小子，到了我手里的东西便是我的！赶紧给我滚出这里。"思嘉骄傲地瞥了一眼植安奎，丝毫不把他放在眼里。

"什么味道？这里怎么会有一只虹玳？！"思嘉不屑的眸子注意

到夏薇薇肩上的虹玳的时候，身体不由得颤抖了一下。

"哼，你若碰了夏薇薇，我保证沙漠里所有的虹玳将世世代代与你为敌，让你不得安宁。"虹玳声音极细，样子也很可爱。

但是思嘉的脸色立刻变了，她猛地转过身，"砰"的一声掩住了房门。

红毯下的流沙恢复了平静，夏薇薇的身子终于稳住了。

"你好厉害啊！"她用食指戳戳虹玳圆滚滚的肚皮，连连赞道。

不想任性的虹玳突然收敛了脾气，只是把头一低，小身子羞答答地扭了几下，身体更加红了。

夏薇薇一见它那别扭的样子，立刻"扑哧"一声笑了起来。

"思嘉为什么这么怕你啊？"夏薇薇双手托着下巴，疑惑地问道。

虹玳立刻得意扬扬地涨圆了身子，却一句话都不说。

"黑沙漠中，只有虹玳才能找到水源。哪怕是沙漠女神思嘉，也要敬它们三分。虹玳心性单纯，从不挑事，却极为团结。思嘉不想违拗了虹玳的心意，给自己惹麻烦。"林沐夏眼神柔和，在夏薇薇耳边解释道。

夏薇薇点点头，她开心地看着在身边装酷的虹玳，没想到竟然获得了它的庇护。

植安奎的面色渐缓，可是想到思嘉手中的羽扇，他就觉得棘手。跟思嘉硬碰硬对他们绝对不会有任何好处。

整整一夜，思嘉再没露面。

植安奎一行人靠着宫殿外面的台阶歇了一夜，他们怕思嘉突袭，半眯着眼睛时刻警惕着。

忽然听到"啪"的一声，他扭头看去，只见昏睡中的夏薇薇无意识地把头靠在了林沐夏的肩头。虹玳见状，立刻不乐意了，它滚着肥胖的身子，使出吃奶的劲儿，硬是挤到林沐夏和夏薇薇之间，心满意足地用自己的身体撑着夏薇薇的头，那小身子，明显被压扁了不少。

植安奎忍着漾到唇边的笑意，这虹玳果然任性单纯，让人生出不少好感来。

一夜无话。

水晶球光芒转黄之际，新的一天又来了。

林沐夏和夏薇薇虽然在敌人眼皮底下休息了一夜，倒也安稳。

只是可怜了植安奎和虹玳，一个顶着一对熊猫眼，一个身体被压变形。虹玳更是可怜兮兮地从林沐夏的肩膀上掉了下去。

忽然，结界里拥入四个鬼魅的黑影。

植安奎立刻精神抖擞，使出红宝石进入战斗状态。

"几天不见，别来无恙？"熟悉的调侃的声音传来，一个蜥蜴骑士定身在他们面前。

"我们等着兑现赌约吧。"第二个蜥蜴骑士笑嘻嘻地看着夏薇薇。

"'彩虹之穹'的七公主，看到你没死我们真是太开心了！"第三个蜥蜴骑士一脸惊叹地说道。

"如果你还有兴趣，就赶紧把最后一根头绳扎上吧。如果你赢了，我们不仅放过你和你的朋友，还可以增加筹码——"第四个蜥蜴骑士十分邪恶地眯起眼睛，手指指向思嘉的城堡，"筹码可以是杀掉她。"

夏薇薇顿时明白了他们的意思，蜥蜴骑士为了享受赌博的乐趣，连杀掉思嘉都愿意！

"混蛋！"沉寂了一夜的城堡里发出怒吼声，思嘉的身影从阁楼的天窗里一跃而出。

"不要骂我们，你说过不反对我们打赌的。"四个蜥蜴骑士说道。

"他们入侵我的黑沙漠,理应被处死!"思嘉紫涨着脸,大声嚷道,"你们这些云哆亚星来的家伙,少在我家里捣乱。小心我把你们打包送回露娜公主那里去!"

她说过不反对打赌,可没说过筹码可以是杀掉她!

"恕我们不能配合,我们正打着赌呢。"蜥蜴骑士说着,兴致勃勃地看着夏薇薇,"况且让我们来这里给'彩虹之穹'的七公主制造麻烦,正是露娜公主的意思。哈哈哈哈!"

"恶魔公主露娜?"虹玳吓了一跳。自从恶魔公主露娜开始统治云哆亚星,就有好多讨厌的臭家伙从暗夜之河来到地球。它们来地球的第一站就是黑沙漠。虹玳很讨厌它们——比如有一天突然来了面前这四只巨大的臭蜥蜴。

可是也顾不上那么多了,恶魔公主露娜还在遥远的云哆亚星上,而臭臭的蜥蜴骑士和阴狠的思嘉女神,可是眼下要解决的难题呢!

夏薇薇立刻将仅剩的一根白色头绳绑在头上,目光冷峻地看着思嘉。

"真乖!"为首的蜥蜴骑士心花怒放,对着身后的同伴打了一个响指。

几个人立刻朝后退去,在城堡结界处齐刷刷地站成一排。

"除了夏薇薇,其他人请自便。我们要在这里围观赌博的结果。"

四双眼睛充满着嗜血般的期待,全部盯向夏薇薇。

思嘉气得低声咒骂了几句,咬牙切齿地盯着夏薇薇。

植安奎的脸顿时黑了。不过,他也备感庆幸,只要夏薇薇可以坚持下去,在虹玳和四个蜥蜴骑士的保护下,她在天黑之前不会有任何危险。

"植安奎,救命!"阁楼里传来尖叫声。

植安奎一惊，抬头看去，只见达文西从阁楼的窗户里伸出半个脑袋，刚刚喊了一声救命，身子就被人扯了回去。

"达文西……"夏薇薇也看见了他，心里骤然痛了一下，她哽咽着小声唤着他的名字，眼眶便湿了。达文西一定受了不少罪。当然，她不知道，其实达文西在城堡里住着别提有多舒服了。

"夏薇薇！夏薇薇！"面前的虹玳鼓胀着小身子急躁地东奔西跑，大声喊着她的名字。

"夏薇薇，你在哪儿？"林沐夏也慌了神，一向淡寂沉静的眸子不安地环顾四周，双手试探地摸索着。

"我在这儿啊，你们怎么了？"夏薇薇疑惑地看着虹玳和林沐夏，她试图伸手抓住林沐夏摸索的双手。

然而手指骤然扑了个空，林沐夏的手径直穿透她的手掌，毫无目标地探向了别处。

夏薇薇的心猛地缩紧，她惊恐地站起身来，向着此时迎面而来的林沐夏跑过去。

一阵风穿身而过，林沐夏直接跑到别处去了。

"林沐夏！植安奎！"夏薇薇被吓坏了，她用手指捂住胸口，转头朝着植安奎跑去。

"让你们这帮找死的小鬼尝尝我的厉害！"思嘉被激怒了，她朝着植安奎用力一挥羽扇，顿时眼前一片飞沙走石。

刚被达文西的呼救声分了神，这会儿发现夏薇薇突然失踪，本来就让植安奎心烦意乱，偏偏又遇到思嘉攻击，他连忙锻造出一堵厚重的冰盾挡在胸前，另外一只手驱动红宝石光芒，顿时炫彩流光直逼思嘉。

"啊——"

那道光柱直接穿过夏薇薇的胸膛，飞了出去。

夏薇薇被吓得浑身发抖，手指发颤地去摸被宝石之光穿透的胸膛，空荡荡的触感，什么都感觉不到。她明明被光芒刺穿，此时竟安然无恙！

眼泪沿着夏薇薇的脸颊簌簌落下，大家都看不到她，她变成鬼魂了吗？

不远处的蜥蜴骑士眼神暧昧地朝夏薇薇挤挤眼，一脸好戏得逞的表情。

"夏薇薇不见了。"林沐夏眉头紧锁，他简直无法相信一直坐在墙角处的夏薇薇会毫无预兆地消失得无影无踪。

"我在这里。"夏薇薇抽搭着，她用力拍打林沐夏的肩膀，想让他感觉到自己的存在。

可是林沐夏只是一脸黯然地低着头。他肩膀上的虹玳疯了一般叫嚷着，愤怒的身体红若朱砂。

"夏薇薇！"植安奎的斗篷被风掀飞，他一边抵抗思嘉，一边心神不宁地寻找夏薇薇，声音嘶吼着，豆大的汗水沿着他的额头滚滚而落。

沙粒划破植安奎的肌肤，他咬紧牙关，无论如何，他一定要找准机会使用水罐。

"是头绳的原因吗？他们看不见我了。"夏薇薇迅速跑到四大蜥蜴骑士面前，质问道。

"愿赌服输。"为首的蜥蜴骑士耸耸肩说道。

"你们不是想看结果吗？"夏薇薇冷声反问，她把目光看向植安奎袍子下露出一角的水罐，怒道，"我现在就跳到那罐子里去，让你们看不到打赌的结果！"

她说完，抬腿就要往罐子的方向跑。

"站住！你要是死了，我们一定杀了你所有的同伴。"蜥蜴骑士发怒了。他们正兴致勃勃地等着白色头绳的威力，怎么能半途而废。

"哼！你以为我会在意吗？植安奎打不过思嘉，到最后他们还是会死在思嘉手里。早晚都是死，我干吗要受你们折磨。"夏薇薇冷哼一声，她一定要冒这个险。

"慢着！"蜥蜴骑士想了一会儿，叫住了夏薇薇，声音低沉地说道，"你想怎么样？"

"嘭"的一声，夏薇薇还没来得及回话，悬在半空中的水晶球被击碎，黑沙漠顿时陷入一片黑暗，只留下点点青色的荧光。

她只能勉强看见植安奎的红宝石光芒逐渐变弱，而风沙却越发强劲起来。

"我要拥有能制服思嘉的魔法！"夏薇薇对蜥蜴骑士大声喊道。

"那不行，其实你要是想帮忙也不是不可以。只要意志力够强，就算你不是实体，也可以驱动魔法，触到实物。"蜥蜴骑士轻笑一声，说道。

"你怎么能帮她？！"黑暗中传来另一个蜥蜴骑士不满的声音。

"难道你不觉得这样更加有趣吗？比起看着她魂飞魄散，困兽之斗更加精彩。"蜥蜴骑士嬉笑着解释道。

"还是老大厉害。"

夏薇薇沉了一口气，看来白色头绳的魔障还是可以破解的。

"噗"的一声，植安奎被掀翻在地上，口中吐出鲜血。

夏薇薇的心颤了一下，她蹲下身子，手指对准地上的水晶球碎渣，口中默默念着："加油，一定要动起来，一定要动起来！"

话一说完，她猛地用力推动碎片，手指如同虚空般地掠过碎片，没有丝毫动静。

夏薇薇气馁地垂下头。只见思嘉一步一步朝着扑倒在地上的植安奎走来，手里的羽扇蹭蹭长出泛着寒光的刀片，对着植安奎的脖子毫不犹豫地刺去。

"加油，加油。"夏薇薇给自己鼓劲。

"当"的一声脆响,她的手指不经意地将碎片推出了好几米远。

"蔷薇魔杖!"夏薇薇欣喜若狂地驱动魔杖,一道道绚丽的蔷薇色光芒绽放开来,结成一张华丽的大网,紧紧裹住了思嘉的身体。

"夏薇薇,是你吗?"植安奎在黑暗中摸索着,他虽然看不到,可是思嘉的身体被突如其来的红色光芒困住,不是夏薇薇还会有谁?

就是现在!

植安奎迅速从怀里掏出水罐,对准了思嘉挣扎不已的身体。

"你从哪里拿到它的!"思嘉注意到植安奎怀里的水罐,暗红的双眼几乎要崩裂开来。

思嘉那尖厉的号叫声,响彻整个黑沙漠。

然而,意想不到的事发生了……

第6章
雪山银狐

虹玳之心
冰山隧道

【出场人物】
四大蜥蜴骑士，夏薇薇，植安奎，林沐夏，达文西，
野栗恩，思嘉，蚝玳，银狐大人

【特别道具】
银线铃铛

虹珉之心

思嘉的脸扭曲变形,她那尖厉的号叫声如同一百个女巫同时在用指甲刮着窗玻璃。

所有人都捂住了耳朵,包括旁边看热闹的四个蜥蜴骑士。

可是,太奇怪了!

植安奎眼见思嘉疯狂地挥动羽扇斩破蔷薇光网,可是水罐一点反应都没有。

"是艾普丽那个贱人给你的吗?我跟她血浓于水,她却陷我于不义!我就算死了,也不原谅她的背叛!"思嘉怒吼着,她猛地一发力,蔷薇光网崩断成了碎片。

夏薇薇的蔷薇手杖跟着被魔力反噬,她胸口一阵痛,整个人扑倒在地上。

植安奎翻转过身体,思嘉的羽扇刺在沙粒上,竟然溅起了一层火花。

夏薇薇心里一惊。思嘉被激怒了，她非但没有被水罐收服，反而更加发狂，用了十分的功力，招招致命。

只要意识足够强大，也可以发出声音吧？

夏薇薇不断给自己鼓劲。思嘉之所以恨艾普丽，必是因为之前她交出了自己的诚心。由爱生恨，她骨子里还是爱艾普丽的。

"思嘉！"夏薇薇用尽全身的力气喊道，她缓缓直起身体，将地上的水晶球碎片拢在手心里。

挥舞羽扇的动作猛地一滞，思嘉敏锐地捕捉到夏薇薇的声音。

"你不是恨我背叛了你吗？"夏薇薇口中念着咒语，一眨眼，她已经化作了艾普丽的模样，连声音都极为相似。

"谁？"思嘉惊问道。

植安奎注意到怀里的水罐中正泛着淡淡的魔法白光，开始有反应了！

水晶球碎片被高高举过头顶，淡淡的光晕下，黑发女子孑然而立。白瓷般细腻的脸上，一双若水清眸孤傲地睥睨着思嘉，雪白的长臂高高举起，身上轻纱翩飞，娇艳的红唇轻启："思嘉姐姐，你果真计较圣女选拔之事吗？"

"贱人！"思嘉看清楚了艾普丽的模样，细眉高挑，猛挥羽扇朝着艾普丽打去。

夏薇薇闭上眼睛，她变身成艾普丽已经是极限，知道自己是躲不过这一扇了。

"夏薇薇！"空气中突然爆出一个极细的声音。虹玳猛地弹起身体，迅速挡在了夏薇薇胸前。

最最有威力的魔法是无声的，虹玳的身体瞬间像个泄气的红气球似的，变成了一张扁扁的皮。

仍有一道刀片穿胸而过，夏薇薇胸口一窒，一口血从口中喷涌而出。

"就凭你弱成这样，凭什么跟我抢！"思嘉更怒了，她失去理智，朝夏薇薇扑了过去。

"艾普丽从来没想跟你抢。"夏薇薇气若游丝，声音微弱，"那水罐不是她弄破的，是我哥哥，'彩虹之穹'的大皇子波尔冬。"

夏薇薇身上的魔力渐渐褪去，由她幻化出的艾普丽的身形越来越淡地消失在空气中。

"艾普丽，你要逃到哪里去？"思嘉声音发颤，艾普丽是她一生挚爱的也是极恨的妹妹。

从小艾普丽就爱跟在她身后，奶声奶气地叫她姐姐，有好吃的也总是给她留一份，乖巧的模样人见人爱。而思嘉一直都那么强势，几乎从未给过艾普丽一个好脸色。可血浓于水，哪怕艾普丽背叛了她，她还是割舍不下艾普丽。

她这胆怯的小妹妹，自从圣女选拔之后，从来不曾来见过她，如今相见，却又挨了她重重一击。

思嘉的心如同刀刺油煎。她这一世奢华，心里放不下的到底还是她的亲妹妹。

夏薇薇捕捉到了思嘉眼底的悲伤和怜惜，她心头一震，光影消逝的瞬间，她仿佛感觉到了艾普丽的到来，声音极轻地道歉："姐姐，对不起。"

植安奎这才注意到变淡的光影中夏薇薇模糊的轮廓，他顿时明白了，那艾普丽是夏薇薇用魔法制造的幻影！怪不得虹玳会不顾一切冲过去以身相挡。

他充血的眼睛盯着夏薇薇的脸，咬牙切齿地说道："你不准给我死掉，听到没！"

"这世间为何如此不公。"思嘉的手指只挽起一丝烟魂，赤红的瞳孔如血，"把妹妹还给我！"她哭叫着，歇斯底里。

植安奎手里的水罐忽然动了，它兀自腾起到半空中，白色的光辉聚拢到缩成一团的思嘉身上，光圈逐渐放大。

黑沙漠逐渐亮堂起来，青青的小草破土而出，黑沙漠被争奇斗艳的小花盖住了。

天空中一缕金色的阳光照射下来，泉水从土里冒出来，叮咚作响。

"哎呀，怎么回事？"一个蜥蜴骑士说。

"不会吧？夏薇薇赌赢了？"第二个蜥蜴骑士说。

"我们回去吧，这黑沙漠光照太强了。"第三个蜥蜴骑士用袖子挡住眼睛。

"七公主，我们还会再见的。"第四个蜥蜴骑士的声音听起来最最令人不安。

说话间，四个身影消失在一个巨大的黑色旋涡里，只留下那个不甘心的回声：

"七公主，我们还会再见的。"

"我们还会再见的。"

"还会再见的。"

"再见的。"

随着蜥蜴骑士的消失，阴霾彻底散去。每个人都沐浴在一片阳光之中，扬起头呼吸着新鲜的空气。

"夏薇薇，你出来！"植安奎却一脸怒气，在新长出来的草地上毫无头绪地东奔西跑着。

夏薇薇觉得自己的身体很轻，她想起了在海洋上化作泡沫的人鱼公主，沐浴着清晨的第一缕阳光飘向天国，从此没有痛苦。

"你不准给我死掉，听到没！"

脑海中却有一个声音如同惊雷，惊得她的身体一阵乱颤。

那是植安奎的声音，而他一向说到做到。

她猛地睁开眼睛，感到身体突然变沉，跌落在了青草地上。

"虹玳。"眼前是扁薄如纸的小小身体，夏薇薇记起她被思嘉攻击的那一刻，只有虹玳认出了她，奋不顾身地帮她挡住了羽扇。

她内心酸楚地将它捧起来，赤红的表皮下，她看到了虹玳身体里若隐若现的一颗爱心。

只要有感情，植物也可以生出心。

虹玳的身体化作一缕细雨，随风飘扬。

夏薇薇的手心里多了一颗心形的印记，灼热得隐隐发痛。

"笨蛋，怎么可以变成艾普丽！思嘉刺你的时候怎么躲都不躲！你知道那有多危险吗？"身后一个带着颤音的怒骂声响起。

夏薇薇从缅怀虹玳的情绪中挣扎出来，一扭头，便看见了两眼发红的植安奎。

"我……"夏薇薇一时间不知该如何解释，她只是想分散思嘉的注意力，保护大家不受伤害。

"你什么你！"植安奎梗着脖子跟她吵，根本不让她说话，"你要是下次还敢这样冒险，我就……"植安奎的话还没说完，又止住了。

夏薇薇愣了一下。

"你这么笨，真是让人操心。"植安奎埋怨道。

林沐夏静静地立在一旁，温润如玉的眼神静静地注视着他们。

"呜呜……夏薇薇，我们总算逃出来了！"

达文西一只手扯着一个打扮得花枝招展的女孩子，赤着双脚从宫殿里奔逃出来。

他的头发用摩丝定型打出层次，一身名牌时装衬得他格外气质不凡，耳朵上的红色钻石璀璨无比，达文西简直就是时尚潮男，太帅了，啧啧。

当然，他的苦瓜脸表情和女性化声音顿时把服装的品位变成了另一种感觉。

夏薇薇见达文西出来，兴高采烈地扑过去给了他一个热烈的拥抱。

"她是？"夏薇薇一脸疑惑地看着他身边的女孩子。

一身华丽的浅紫色缎子衣服，腰身扎得极细，黑色短发清爽利落。一双冷艳动人的紫瞳低垂，柳叶眉紧锁。樱桃小嘴涂了浅紫色的唇彩，翘起的上唇性感漂亮。好一个瓷娃娃女孩儿！连夏薇薇都忍不住多看几眼。

　　"后会有期。"冷艳女生用力甩开达文西的手，在原地转了一圈，便消失在一片光雾中。

　　"咳咳，她是野栗恩，谁都没想到她竟然是个女孩子。"达文西干笑两声，跟这种女孩相处还真是累啊。

　　"野栗恩是女生？！"夏薇薇惊呆了，嘴巴立刻圈成了一个"○"。

　　"是啊是啊。"达文西点头说道。他一把抓住站在一旁的林沐夏，声音里满是乞求，"那个变态思嘉每天要我穿各式各样的男装，太折磨我了。我的皮箱在哪里，我要换一套衣服。"

　　林沐夏连忙低下头，别说衣服了，在黑沙漠待了几天，所有的东西都被风沙卷走了。

　　"你说丢了吗？"耳边传来达文西抓狂的声音，他双手用力摇晃着林沐夏的肩膀。

　　林沐夏可怜兮兮地连连点头。

　　夏薇薇深吸了一口气，扬起手臂将落在脸颊上的发丝拢到脑后——哇，第一次觉得不用扎头发的感觉是这么好！

　　"你的手心怎么发红？"植安奎心细，注意到了夏薇薇手心里的心形印记。

　　"是虹玳的心。"夏薇薇颇为感怀地低头看去。

　　植安奎的脸上明显掠过一丝迟疑，半晌才点点头。

　　大家已经把那个小不点忘记了。

　　夏薇薇攥紧手指，她心里的某个角落，那个全身赤红的虹玳，将永远待在那里，无法抹去。

　　"野栗恩告诉我说黑沙漠一旦解封，就可以到喜马拉雅山去寻找银狐大人了。他那里有一颗幽水冰蓝珠，可以解夏薇薇身上的毒。"达文西正像个小媳妇一般坐在地上缝制女装，忽然一拍脑门说道。

　　植安奎略作沉思，他想起艾普丽曾经说过这样的话，夏薇薇的病总算有希望了。

　　水罐被安置在了思嘉的豪华宫殿里，几十个女仆愿意守着思嘉，直到她被完全净化。

冰山隧道

植安奎一行人补足了食物,朝着喜马拉雅山浩浩荡荡地进发了。

身边到处都是璀璨的冰层,放眼望去,阳光像精灵在冰层上闪烁跳跃,美丽极了。

植安奎的灵魂得到净化,魔力提升了许多。在这冰天雪地之中,他丝毫不觉得寒冷。

相比之下,达文西裹得跟粽子似的,还打着喷嚏,直呼冷。

夏薇薇从出发的那一刻就感觉到了不对劲,她注意到自己的手指已经发黑,怕大家担心,连忙戴了一副手套掩饰。

越往上爬,空气越稀薄。夏薇薇只感觉寒冷的空气从鼻子进入肺里,所有的毛孔紧闭,冷得她全身直抖。

林沐夏亦步亦趋地跟着夏薇薇,他注意到她惨白的脸颊和沉重的呼吸,只想一心一意地护着她。

"大家小心。"在前面开路的植安奎用脚试着踩了踩巨大的冰缝,咔咔几声脆响，巨大的冰块坠落下去，摔成万千冰晶。

眼前只有一条一尺来宽的小道可以走，下面就是尖锐的冰刺，稍不注意就会粉身碎骨。

植安奎想凝出一条宽阔的冰桥，可在这陡峭的崖壁上，冰桥找不到着力点，怎么弄也搞不定。最后他只好摘下身后的黑色斗篷，迅速打了两个结，递给林沐夏说道："我们两个先过去，小心为上。"

林沐夏点点头，抓紧了斗篷。

植安奎脚步轻盈地跃了过去，林沐夏顺利地走了过去。紧接着是夏薇薇。

植安奎最不放心的就是夏薇薇，干脆直接甩出长斗篷，一把将夏薇薇卷了过去。

"扑通"一声，夏薇薇刚刚脱离斗篷，就双膝无力地跪在了冰面上，她两眼发黑，扑倒在了冰面上。

植安奎再也顾不得达文西，他把斗篷绳索往林沐夏手里一塞，弯下腰查看夏薇薇的情况。

植安奎的心陡然惊了一下。

夏薇薇发丝乱舞，红唇变成了黑色，苍白的脸上，密密的睫毛沾上了一层细碎的冰晶，浑身冷若冰块。

植安奎脱下夏薇薇的手套，只见她五个细瘦的指尖全部发黑，毒素已经浸入血管末端了。

"林沐夏，你用点力哇！呜呜……"达文西一脚没踩稳，身子"咻溜"一声滑到了路下面，高悬着，一把鼻涕一把泪地求救。

林沐夏更是把吃奶的力气都使出来了，双脚卡着冰面，身子朝后扬着。

然而他脚下猛地一滑，眼看着就要跟着达文西一起坠下去了。就在这一刹那，他的手被植安奎抓住了。紧接着是猛地一提，达文西感到身体越过冰面，蹲坐在了地上。

林沐夏呼哧呼哧地喘着气，他刚才真是命悬一线。

"你们两人小心点，我要带着夏薇薇先走一步。"植安奎阴沉着脸，背起用黑斗篷裹紧身体的夏薇薇。

四把冰刃从植安奎的脚底、手掌生出。他咬紧牙关，对准垂直陡峭的冰面，像壁虎似的一步一步地往上攀爬。

不断有碎掉的冰渣从山崖上落下。

达文西仰起头，心惊胆战地看着植安奎悬在半空的身子。

"我们也快点赶过去，植安奎抄近路了。"林沐夏一看便知植安奎走了险道是要尽快找到银狐大人。他和达文西两人沿着崎岖的山路，加快速度朝着山顶走去。

越往上爬，寒气越重。

植安奎几次险些踩到虚冰坠落山崖。他隔着冰面四处敲敲打打，听到一处发出哐哐的回声，立刻身体发力，撞碎了冰盖。

映入眼帘的是一条狭长、暗黑的隧道，洞口很小，只容一个人钻过去，洞顶布满了锋利的冰笋。

植安奎咬紧牙关，这山洞是一直斜着蜿蜒而上，必然是通往山顶的捷径。洞顶的冰笋又像是有人蓄意而为之，只要植安奎稍微往上抬点身子，背上的夏薇薇就会被撞得头破血流。

他只好双肘着地，尽量压低身子匍匐着往前爬，还要时不时注意是否有过长的冰刃，以便及时折断。

山洞越来越黑。植安奎只穿着薄衫，一路爬过去，胳膊和膝盖都磨出了许多血泡。

"放我下来。"夏薇薇听到身下植安奎喘息的声音，知道他正吃力地往前爬，心里特别过意不去。

可是她刚刚直起头，就"咚"的一声撞到了顶上的冰柱，痛得她整个人都在发抖。

"别动。你也太小瞧我了，怕我背不动你吗？"植安奎的动作猛地一滞，浓眉紧锁，这个笨丫头还是撞到脑袋了，"出血了吗？"

"好像没有。"夏薇薇忍着痛说，"只是头上撞了个包。"

"所以，请大小姐你不要乱动。"植安奎怒道。

夏薇薇只好撇撇嘴，把头埋在他的后背上，不再说话了。

喜马拉雅寒冰千年不化的冰顶上，一个白衣少年盘膝独坐，凛冽的风吹散他如丝般的银发，右耳上一颗璀璨的蓝钻闪着光。狭长的眉眼间，琥珀色的眸子闪着狡黠的光芒。他修长的手指轻扯着一根银线，尽头处一个银色铃铛随风作响。立起的膝头上挂着一个精致的银狐面具，红色的璎珞坠在两边，随风摇摆。

叮当——

铃铛不安地晃动起来。

少年狭长的眼底掠过一丝诧异，随即就恢复平静。

他慵懒地扯扯嘴角，看来有人闯入他的密道了。

白色的衣袍伴随着雪花从高高的山顶一跃而下，清秀的手指对着摊在面前的三种暗器，红唇轻启："雪花针？毒雾？冰针？"

他思量片刻，手指挑起一瓶黑色的液体。

这萃取喜马拉雅万年寒气炼成的毒雾萃液，只要倒一滴入洞，入侵者必死无疑。

笑意在他的唇角荡漾开来，在这山顶枯守了十几年，这是第一次有人扰他清修。

他仰头望着湛蓝的天空云卷云舒，哪怕他已经站到了离天空最近的地方，还是再未见到过她。

卡迪娜王妃，你还好吗？

少年的眼眸色泽变深，他自嘲地摇摇头，恐怕她早把他忘记了吧？

打开木质的瓶塞，一滴黑雾从山顶的洞口缓缓散开，发出噗噗的声音。

山洞里，正在吃力地往前爬的植安奎感到了一丝极寒的气息。

他心里一沉，立刻单手扯下身上的衣服，捂住了夏薇薇的口鼻。

"这洞里有毒，闭气。"

他的话刚刚说完，一道黑色的雾气立刻扑面而来。胸口顿时压抑极了，植安奎连忙屏住呼吸。

这毒雾十分沉重，沿着隧道一路往下坠，途经的地方都被污染了。

植安奎知道没有退路，他感觉到背上的夏薇薇正浑身发抖，知道她身体弱，恐怕坚持不了太久。他再也顾不了那么多，更加用力往前爬，闯出去总比闷死在这洞里强。

"你放我下来，我本来就中了毒，不怕这些的。"夏薇薇拍着植安奎的后背，她知道空气里的毒气非同一般，植安奎这么迅速移动，必然会吸入毒气。

"好好闭气，讲什么话！"植安奎怒斥道。

夏薇薇心头一涩，知道植安奎做了决定就不会改变，只好努力屏住呼吸，不让毒气侵入肺腑。

呼吸越来越沉重，植安奎爬行的动作也渐渐慢了下来，身体开始不听自己使唤，左摇右晃着。

毒气极为阴寒，他只觉得头晕目眩，磨破的伤口火辣辣地痛。

突然眼前闪现一道白光，快要出洞了。

银线牵动铃铛，铃铛继续不安地响着。

银发少年单手托着下巴，歪着头，笑意盎然地看着洞口。一颦一笑，魅惑倾城。

竟然有人能抵御毒雾一路爬了过来，他倒要看看来人是何方神圣。

植安奎刚刚爬出洞口，再无力气支撑，身子一软扑倒在洞口。

"植安奎！"夏薇薇从他背上摔了下来，哭喊着拍打他。

银发少年的目光陡然一顿，洞口处那个面色苍白、嘴唇发黑的少女，恍惚间让他看到了少女时代的卡迪娜王妃。少女焦急的模样，不由得让他想起在云哆亚星上，当时他还是银狐，卡迪娜王妃给他喂食，温柔地抚摸着他的毛发，还不顾一切将他从屠刀下救出来的场景。

到底是又想起她了。

"植安奎，你不要吓我啊！"夏薇薇跪在地上，泪眼模糊地盯着双唇发乌的植安奎。

"他死不了。"伴着一声轻叹，夏薇薇注意到了姗姗而来的素白长衫。

她仓皇抬头看去，只见一个白衣少年倒背着双手，细眉微挑地注视着她。少年眼波流转，唇角一丝邪魅的笑容荡漾开来。他那一头银发在雪白的山巅之上飘逸飞扬。

"是你下的毒？！"夏薇薇先被他的妖娆惊了一下。不过她立刻反应过来，这人应该就是银狐大人，他还往山洞里放了毒药。

"是又如何？"银狐大人丝毫不以为意，他转身斜倚在冰崖上，眉眼戏谑地说道，"擅自闯入我的冰山，还想活着出去吗？"

那声音听似漫不经心，实则威慑力极强。

夏薇薇知道事情不妙，她立刻念出魔咒，蔷薇魔杖刚刚凝出一个影子。

银狐大人疾步走上前，食指对着魔杖轻轻一夹，轻笑道："如此破烂的身子，还想用魔法吗？"

夏薇薇眼睁睁地看着手里的魔杖化作一缕星星沙散去，她再无力气，一屁股蹲坐在雪地里。

心里一阵懊恼，她真是没用啊，只会拖累植安奎。这眼前的银狐大人是个难以揣测的人，他们讨不到便宜的。

"唔，又有人要来造访了吗？"银狐瞟了一眼发出脆响的铃铛，笑意弥漫到脸庞。

他顿脚跃到高高的山崖上，扬手戴上狐狸面具，双臂伸开，纵身跃下了冰崖。

　　夏薇薇惊诧地看着他的背影，心里一沉，他该不会是为难林沐夏和达文西去了吧？

　　身边的植安奎剧烈咳嗽起来。

　　夏薇薇不敢耽误，连忙驱动身上的魔力，对着植安奎的胸口推了进去，帮他调息经脉。

　　山腰处，达文西给自己套了一件白色长袍，此时正好可以与白雪皑皑的雪山媲美。

　　"达文西，你这样穿似乎不太合适。"林沐夏扭头见达文西一身白衣，跟身后的冰雪几乎融为一体，觉得不太安全，便好心劝他。

　　"你不会懂的，这是时尚。"达文西沉浸在喜悦中，掐着嗓门妩媚地冲林沐夏微微一笑。

　　"时尚界有没有人告诉你不要随便跟别人撞衫呢？"邪魅的声音在冰山中回响。

　　"鬼！"达文西吓了一跳，猛跑过去抱住了林沐夏的腰。

　　隐在暗处的银狐的脸顿时黑了。不过，既然有人说他是鬼，那他就是好了。

　　"你想多了。"林沐夏心里有些怕，直起鸡皮疙瘩，脸上依旧是恭谦如玉的笑容。

　　"是你想多了。"如泣如诉的声音渐渐向他们逼来。

　　脚下的路咔嚓咔嚓地碎裂开来，一个身着白衣的影子悬在半空中，手脚全藏在衣服里，乍看去，仿佛里面没有肉体，不过只是空衣服架子。

　　银发翻飞在雪里，那人缓缓抬起头，一张狐狸面具隐约可见，红唇露笑，眼角迸裂，满脸邪笑。

　　刷的一声，白衣人影突然移至达文西面前，对着他吹了一口气。

达文西两眼往上一翻，身体直直地朝着山崖下坠去。

"定。"银狐手指轻轻一点，达文西的身体跟冰面形成了一个直角，冻在冰上不动了。

林沐夏如玉的面颊上掠过一丝慌乱，他料想来者不是鬼，必是银狐大人。眼见着他身上的白色长袍，又看看达文西身上穿的，竟然十分相似。

银狐盯着达文西被冻僵的脸瞟了一眼，偶然发现他晕过去的一刹竟然斗鸡眼，顿时觉得有趣。面具下绝美的脸上漾过一丝笑意。

这人不过是个毫无心机的笨蛋罢了，倒不至于立刻要了他的命。

"银狐大人，我们来寻你是有事相求，并没有冒犯的意思。"林沐夏对着"白衣鬼魂"弓腰点头，语气格外真挚。

"可是已经冒犯了。"银狐语气极轻，他的身体缓落在林沐夏面前，揶揄道，"但是看在你识趣的分上，我就姑且饶了你。还是想想办法把他从冰崖上弄下来吧。等到日上三竿，这冰雪若是化了……"银狐说到这里，声音戛然而止，双手在半空中画了一个弧，顿了顿继续说道，"他就该'砰'的一声化成我雪山的一摊血肉了。"说罢，银狐双脚一跃，隐在了半空中。

林沐夏目送银狐隐去，愁眉苦脸地看着垂直冻在冰崖上的达文西。自己所处的位置只能摸到他的双脚，冰又冻得那么厚，凿冰时稍不留意破坏承重，达文西就可能坠落山崖。

阳光越过山顶，照在了半山腰处。

不好，汗水沿着林沐夏的额头滚落下来，他没时间寻找植安奎，只能靠自己了。

他把衣服撕成条，编成一个网，朝着达文西的身上套去。偏偏冰崖上又光又滑，还找不到固定绳索的地方。若是他直接用手去拉，那冰雪几百斤的重量全集中在他身上，那他只有跟达文西一起坠落冰崖的下场。

林沐夏惆怅极了，他掏出小刀对着一处寒冰用力刺去。

咣当！手腕被震得发麻，冰面上却只破了一个白点。

他咬了咬下唇，往后退了几步，正准备再试一次。

脚下的冰面嗡嗡直颤，瞬间裂开了一道口子，边缘处的冰块纷纷坠下。

林沐夏的双脚直打滑，他心一横，将绳索往腰上一绑，干脆与达文西同生共死好了。

轰隆一声巨响。

不光脚下的冰面剧烈颤动，整个山体都地动山摇。

真是屋漏偏逢连夜雨！难道是雪崩？

林沐夏仰头惊恐地看着急速坠落的巨大冰块和雪粉，心立刻提了起来。

达文西冻在冰崖上的双脚处，冰跟着裂开来。

腰上被一道巨大的力量猛地一扯，林沐夏痛苦地闭上眼睛，身子跟着达文西往崖下坠落，脑海中不断回忆着过去。豪华的小屋和游泳池，成群的女仆和保镖，言谈举止备受瞩目的林氏财团少爷，从此再也无机会享受这些了。

还有夏薇薇，他的心痛了一下，心想今生再也无法见面了。

眼角处的两滴泪花迅速被冻成冰晶。

冰崖中，一个黑色的影子如箭般射了过来。

只见野栗恩的紫瞳闪亮，她双手抓起绳索，用力一抛，达文西和林沐夏的身体便落在了一块巨大的浮冰上。

林沐夏吃力地趴在冰面上，浑身几乎要散架。

"我没死？"他伸手拍拍自己的脸颊，感觉到痛，激动地笑了。

"咳咳……冻死我了……"达文西身上的冰块被摔碎了，他随后清醒过来，嘴唇发青地抱臂跳跃着取暖。

忽然，他想起自己失去意识前遇到的白衣鬼魂，顿时觉得寒毛直竖，拉开衣带就开始脱衣服。

"混蛋！"一声怒骂在耳边响起。

野栗恩满脸愠怒，举起手里的黑蝴蝶剑朝着达文西刺去。

"小丫头，你要干什么？"达文西吓了一跳，捂住胸口连连往后退。

干什么？这句话该是她来问吧！

跟他关在一起时，他就爱在她面前肆无忌惮地脱衣服，没想到现在还是改不了这个恶习。

"我必须要脱了这身衣服，我跟这山上的鬼撞衫了，穿白衣服果然不吉利。"达文西惊惧地四下看看，浑身发抖地冲野栗恩解释。

"事实确实如此。"林沐夏的心情还未平复，就见野栗恩发威，只好在一旁苦劝。

"哼！"野栗恩手指一转，黑蝴蝶剑噌的一声就刺到了冰层里，足足有一尺深。

林沐夏盯着那剑，心里难过了半晌，他的力气连野栗恩的一半都不如。

达文西把手里的白衫翻了个面，一件红色长袍便穿到了身上，他颇为得意地说道："这衣服可正反两穿，我特意设计的。"

"少废话！夏薇薇在哪儿？"野栗恩目光一凛，声音冰冷地问道。

"你问这个做什么？"达文西才不吃野栗恩那一套，他警惕地看着野栗恩。

"不说我现在就让你变成女人。"野栗恩二话不说，抽出短剑靠近达文西。

"野栗恩，你冷静一点。"林沐夏走过去制止，对于野栗恩，他确实不知底细。

达文西被吓出了一身冷汗，赶紧说："啊哈，夏薇薇被那个白衣鬼魂抓走了。"他的眼睛滴溜溜地转着，干脆嫁祸给那个白衣鬼魂好了，正好替自己报仇。

野栗恩的目光瞬间转向林沐夏，在向他确认。

林沐夏顿了顿，看着达文西拼命地跟他使眼色，他机械地指了指银狐出没的地方："那个方向。"

野栗恩眉头紧锁，她一把松开达文西，朝林沐夏指示的方向跃去。

第 7 章
绝世妖娆

换心之法
皇室之谜

【出场人物】
达文西，植安奎，林沐夏，夏薇薇，银狐大人，
野栗恩，卡迪娜王妃

【特别道具】
魔镜

换心之法

"如果野栗恩知道我们骗她,折回来把我们咔嚓了怎么办?"达文西伸长脖子,扬手做出一个砍人的动作。

"应该不会,刚刚是她救了我们。"林沐夏思索一会儿,把事情原委一五一十地讲给了达文西听。

"那小丫头还知道点义气,她在思嘉的小屋里魔力尽失,思嘉逼她穿女装,还要她跳舞。我见她性子倔强,怕她想不开,好说歹说地帮她化了妆,还牺牲自己替她跳了肚皮舞。她一直说欠我一个人情。"达文西耸耸肩说道。

林沐夏点点头,两人加快脚步,朝着山顶爬去。

高山上云雾缭绕。

夏薇薇不断地把自己的蔷薇魔力送入植安奎体内,一口黑血从植安奎口中喷出,他顿时觉得神清气爽。睁开眼,只见夏薇薇面色苍白如纸,对他露出一个如释重负的笑容,身体软绵绵地倒在了地上。

"夏薇薇!"

啪啪啪……单调的掌声响了起来。

银狐大人傲然独坐在雪峰之上,一身红衣耀眼,魅惑的眼角带着一丝笑意,语气嘲讽地说道:"真是患难见真情,看得我都要动容了。"

植安奎的双拳紧握,这种情况下银狐还来看笑话,实在过分。

可是,他的怒气升到一半,强忍了下来。

"银狐大人,我们想借你的幽水冰蓝珠一用。"植安奎紧盯着银狐大人的一举一动,目光严峻。

"可我凭什么要借呢?"银狐眨了眨眼,依旧笑意妖娆。

他的东西,除非他愿意,否则谁都别想拿走。

"凭我想要救夏薇薇的命。"植安奎不再多说,他对极寒的环境本身就容易适应。况且身边都是可以利用的冰雪,他自然也不惧与银狐大人一搏。

漫天飞扬的雪花散落开来,植安奎挥动的手臂卷起巨大的漩涡,无数冰钻朝着银狐大人扑去。

银线牵扯着透明的铃铛嘤嘤作响,巨大的漩涡被纵横交错的银线割碎成了细细的粉末,柔柔地落了下来。

"以为这些小伎俩就能伤得了我吗?"银狐大人从雪峰纵身跃下,红色的衣袂翻飞,唇角一勾,目光落在了晕倒在雪地里的夏薇薇身上。

她果然是卡迪娜王妃的亲生女儿,那个叫作夏薇薇的公主。

他虽然从来未曾见过夏薇薇公主,但是从卡迪娜王妃脸上的幸福笑容,从她娓娓讲述关于女儿调皮的点滴生活中知道,夏薇薇是她挚爱的宝贝。

银狐大人的眼底泛起一抹怜惜,他朝着夏薇薇一步一步地走过去,琥珀色的眸子幽深似海。

植安奎没有想到银狐大人竟然可以驱动寒冷的冰丝,速度快到可以切碎冰块。

"你想干什么？"他见银狐大人朝夏薇薇逼近，赶过去阻拦。

"她毒入肺腑，你若阻拦，她便死得更快。"银狐弯下腰，抱起奄奄一息的夏薇薇，语笑嫣然。

植安奎矛盾地攥紧拳头，他一把将夏薇薇从银狐大人怀里抢回来，声音不容抗拒："你要带她去哪儿？我一起去。"

"你若要跟去，那我便不去了。我们就在这里耗时间吧。"银狐大人挑挑眉，袖袍一甩，优哉游哉地坐在了地上。

"那，我把夏薇薇托付给你，要是有任何差池，我……我以爷爷的名义起誓，你会成为'彩虹之穹'皇室和'渡鸦会'魔法师组织共同的敌人！"植安奎咬咬牙，他现在除了冒险别无选择。

"你以为我会怕吗？随时奉陪。"银狐大人接过夏薇薇，唇角带笑，在植安奎的满腔愤怒中，缓缓走入山顶用万年玄冰打造的门。

辘轳声过，冰门紧紧掩上了。植安奎紧贴冰门，凝神屏息，守在门外。

冰室内，银狐大人用锦帕托起夏薇薇的手腕，动作娴熟地帮她把脉。

他的眉头不断紧锁，夏薇薇的身体状况比他想象的要糟糕得多。

恐怕就算用上幽水冰蓝珠也不能完全帮她解毒。

他指尖发力，沿着夏薇薇的穴位一阵推拿，血气上涌，她苍白的脸颊顿时一片潮红。

纤长的手指取出冰针，对准夏薇薇发黑的指尖刺去。

黑血滴落在冰面上，触目惊心。

夏薇薇逐渐有了意识，她缓缓睁开眼睛，恰好和银狐大人那魅惑耀眼的双眸相对，不由得吓了一大跳，可是身体被他按在冰床上，根本动弹不得。

"别动。"柔软的声音，细腻中带着霸道。

银狐大人温柔地看了一眼夏薇薇，灵巧的手指依旧不慌不忙地帮她施针。

她瞥了一眼银狐大人的动作，暗想刚刚还想要她命的银狐大人怎么现在来救她了？

难道说植安奎跟银狐大人做了什么交易？要不然他怎么会心甘情愿地帮她。

"疼吗？"依旧温柔的关怀声，那双醉人的桃花眼顾盼生辉。

"这床上不舒服，硌得慌。"夏薇薇越看越害怕，这银狐大人果然深不可测，一会儿吓唬她，一会儿关心她。诡异！

"唔，我看看。"银狐大人眼中掠过一丝诧异，松开缚住她身体的冰丝。

"你到底想干什么？"夏薇薇趁机跃下冰床，手里的蔷薇魔杖闪着炫目的光彩，逼向依旧一脸淡定的银狐大人。

一抹笑意在银狐大人心里荡漾开来，这"彩虹之穹"的小公主果然任性，竟然对他如此戒备。她的妈妈可跟她不一样，是个极为包容、温柔的人呢。

她妈妈该好好管管她的性子才是。

"帮你换心。"银狐丝毫不为所动。他从一旁的寒冰池里掬起一捧雪，清秀的手指打了个圈，一颗七窍玲珑心便做成了。

"我才不要！植安奎呢？"夏薇薇鄙视地看了一眼那颗雪球心，拿她当三岁小孩子骗呢？

扑通……扑通……

那颗雪球心脏竟然鲜活地跳了起来。

银狐缓缓起身，单手托起雪球，用探寻的目光打量着夏薇薇，掩嘴轻笑道："你可听说过侍衣仙狐？"

夏薇薇愣了一下。侍衣仙狐本是云哆亚星上的一只与众不同的狐狸。仙狐每日被喂给灵药，每次取皮之后过一段时间还会再生，循环利用，却不会致命。

难道说他是云哆亚星上的侍衣仙狐？

夏薇薇的心不由得咯噔了一下。

侍衣仙狐逃出云哆亚星，没人知道他的去向，不想竟然在这里遇到他。

她的手心里沁出一层薄汗。仙狐服用灵药已有千年，再加上十几年的清修，她肯定对付不了他。

"不用怕，换心不痛。"银狐大人邪魅一笑，朝夏薇薇步步紧逼。

"你不要过来！"夏薇薇一挥魔杖，朵朵红蔷薇破空散出，朝着银狐大人射去。

一片铃铛声响过，蔷薇花被切成碎片，地上多了一层红雾。

"真是个任性的孩子呢。"银狐脸上的笑意更浓了，他对着雪球心脏吹了一口气，漫不经心地说道，"你那颗小心脏，黑钻在一点点扩大。终有一天，它会把你完全毁灭。到时候植安奎以及你的好朋友，你再也见不到了。"说完，他扭过头，注视着夏薇薇快要哭的小脸，笑了。

"我不会换心的，要死就死掉好了。"夏薇薇这话一说出口，眼泪也跟着落了下来。

未来的日子再艰难，她也不想死掉。况且她还有那么多人放不下。还没有找到妈妈。

果然是个嘴硬的丫头。

银狐大人听她这么一说，只是淡淡一笑。他围着夏薇薇走了一圈，眼底掠过一丝柔情："你若死了，卡迪娜王妃呢，她会舍得吗？"

夏薇薇的大脑顿时一片空白。她的手指猛地压住胸口，咬紧下唇冷声说道："跟她有什么关系？"

银狐大人顿时紧锁双眉，听这口气，夏薇薇跟她母后卡迪娜王妃之间似乎有嫌隙。

他注意到夏薇薇咬得发白的下唇和颤抖的眸子，人只有在极为矛盾之时才会如此。

"你换也得换，不换也得换。"银狐大人美目低垂，压低声音道，说着就朝夏薇薇疾步走去。

"蔷薇十字！"夏薇薇往后退了几步，用力挥舞手里的魔杖，一个绚烂的十字架钉在银狐背后，暂时定住了他的身形。

夏薇薇知道蔷薇十字无法与银狐大人对抗，她立刻转身，朝着冰门跑去，手忙脚乱地摸索着旁边的机关，想要把门打开。

"夏薇薇，无论发生了什么事情，你都不可以怨恨卡迪娜王妃，她那么做是有原因的。"银狐大人突然抓住夏薇薇的手腕，反剪到背后，弯腰凑到她耳畔，声音低沉地说道。

"你松手！"夏薇薇拼命挣扎，她一点都不想从这个诡异的家伙嘴里听到有关妈妈的事情。可是银狐大人紧紧扣住她，让她动弹不得。

隔着冰门，植安奎隐约听见夏薇薇挣扎的声音，他立刻驱动魔力，凝造出冰弹狂炸起来。

轰隆——轰隆——，冰门乱颤着。

"哼。"银狐大人嘴角上翘。只要他按动身边的按钮，附在门上的冰网就会从天而降，将植安奎切成碎片。

"蔷薇魔术。"夏薇薇见状从里面施展魔术，想通过两人的配合打开冰门。

"你若做好准备，自个儿来找我便是。"银狐大人摇摇头，轻叩指尖打开冰门，身形一晃，便消失在空气中。

植安奎立刻跑入冰室，紧张地问："你没事吧？"

"我没事。只是他……他知道我妈妈的事情。"夏薇薇双眼含泪，嘴唇嗫嚅，无助地看了一眼植安奎。

"现在一切都过去了。"植安奎拍拍夏薇薇颤抖的肩膀，不断安慰。

时间一分一秒地过去，夏薇薇静靠在冰门旁，目光一片混沌。

她妈妈到底是什么样的人？如果她真的那么好，为什么要弃自己的孩子于不顾？

别人家的孩子生病了，妈妈会在一旁悉心照料，给孩子打气加油，可是自己的妈妈呢？她甚至故意在米尔庄园滞留，还让人放出口风，只是希望母亲可以来看看她，可她就是没来。现如今，有人知道她妈妈的事情，她却害怕了，甚至连她的消息都不敢打听。万一妈妈压根儿就不在乎她，她打听出来又有什么意义。

"或许你应该跟银狐大人谈谈。"植安奎坐在夏薇薇身边，柔声劝说道。他刚刚得知原来银狐大人是云哆亚星的侍衣仙狐，"他还是狐狸的时候，住在卡迪娜王妃的故乡云哆亚星上。他们一定认识的。说不定银狐大人所了解的卡迪娜王妃，比你还全面呢……"

"不用了，我一点都不关心她的事。"夏薇薇侧过脸，避开植安奎的视线，心里却像一团乱麻。她妈妈到底在哪儿？

夏薇薇语气坚决，植安奎抬头沉默地注视着天边绚烂的夕阳。

一夜未眠。

曙光中，一袭红色长袍的银狐大人银发翻飞，他静立在冰崖上，闭目沉思。十几年未曾离开喜马拉雅山的他昨夜偷偷去了"彩虹之穹"，白尼斯杜特尔兰国王竟然不在。卡迪娜王妃也早就在十几年前失踪。

他终于明白了！

十几年来他每天蹲坐冰崖对天呼唤，却从来没有遇见过她。不是她不便见他，而是她根本就不在"彩虹之穹"。

耳边一阵强劲的风呼啸而过。

一把黑蝴蝶剑对准他心脏的位置刺了过来。

银狐大人依旧闭着双眼，微微侧身，身体轻盈地躲了过去。

来人不甘心，猛一转身，对着他又是一剑。

"你这污浊的东西也敢来我雪山！"银狐大人怒斥道。他在冰雪之中净化了十几年，从来不曾遇到过气味如此强烈的浊物。

野栗恩的紫瞳涌过一股暗流，她是浊物，为世界所不容。冰冷的心绞痛如刀割。

"把夏薇薇交出来！"她怒火中烧，脆弱的感情不堪一击。

"她有手有脚，我困她做什么？"银狐大人语气极为不屑，妖娆的脸上绽出一抹笑容。修长的手指在半空一旋，铃铛声响过，一张冰网铺天盖地地将野栗恩裹了起来。

"啊——"她在冰网中刚一挣扎，又细又锋利的冰丝就毫不留情地割破她的肌肤，带着凛冽的痛楚。

"劝你不要乱动。你若是夏薇薇的敌人，我便杀了你。反之，就饶了你。"银狐大人细眉微挑，声音却冷漠如冰。

野栗恩的双眼几乎要燃起火。

为什么这个世界每个人都对夏薇薇那么好，这是为什么？

可是银狐大人没容她多想，他伸手提起网兜，纵身跃下冰崖。

"又是那个鬼！"

银狐大人的身体刚站稳，就听见一声破嗓尖叫。

银狐大人嫌恶地扭头看去。是谁这么没大没小，扰人清静？

"救命啊！"冻得满脸通红的达文西一转身抱住身边的林沐夏。他们赶了一整夜的山路，好不容易才到了山顶，没想到第一个遇到的人又是那个"白衣鬼魂"。

虽然他换了一身红衣服，可是那满头银发飞舞的霸气妖娆模样，让达文西过目难忘。

银狐大人的脸顿时黑了下来。

他一把松开握住网兜的手，大步朝着达文西逼去，咬牙切齿道："见过这么帅气逼人的鬼吗？"

达文西只是看了他一眼，丹凤眼细长性感，眼波魅惑幽深，皮肤细白若冰雪，五官精致到无可挑剔，修长高大的身材更是万里挑一。

这种美，令见惯各种明星艺人的达文西都忍不住心惊肉跳。

"求求你饶了我吧。"达文西很没骨气地抱拳在胸前苦苦哀求，人鬼殊途，他可不想招晦气。

"咚"的一声，一个脑崩儿猛敲在达文西的头上。

"我说过不要跟我撞衫，你难道没有记性吗？"银狐大人简直气疯了，他总共就两件袍子，一红一白，怎么每次都能跟眼前这个娘娘腔撞上？

"呜……"达文西连哭都不敢哭了，只是可怜兮兮地抱住头。这鬼着实厉害，竟然可以敲出一个包来。

植安奎和夏薇薇听到动静，朝着崖边走了过来。

"好不容易才找到你们！"达文西刚看见他们二人，一双眼睛亮了起来。感觉到银狐大人射来的威慑目光，达文西连忙垂下头，乖乖地立在原地，不动了。

"植安奎，快放我出来！"野栗恩的脸被冰丝网割出一道道的口子，她实在挣脱不开，只好向植安奎求救。

"等一下！"达文西再也忍不住了，他今天一定要弄清楚野栗恩到底是何方神圣。

银狐大人倒也没阻拦，他也想搞清楚，网兜里浑身污浊的女子到底是谁？

达文西小心翼翼地绕开银狐，从怀里掏出一把制作精巧的雕花镂丝的铜镜，毫不犹豫地照向野栗恩的脸。

"你干什么？"野栗恩躲不开，只是瞪着达文西。

植安奎一行人围过去看，只见铜镜里一片混沌，竟然什么都看不清楚。

众人都疑惑地注视着达文西，只见他脸色苍白，往后退了几步差点跌坐在雪地上。

"你……你非人非仙，竟然是……一团瘴气化的……"他舌头打结，指着网兜里的野栗恩断断续续地说道。

不好。

银狐大人心里一沉，如果是这样，她是不怕被冰网绞碎的。瘴气被割破后可以重新凝结。

从某种角度来看，野栗恩是不死之身。

可是，她这不死之身，又是从哪里来的？

"你们记住，今日我受到的耻辱，必然会加倍还给你们！"野栗恩望着大家陌生又排斥的目光，用力咬紧牙关，她的身体仿佛被刀割，可是心却比身体痛千倍万倍。

曾几何时，她跟他们一起共患难，冷漠的心一点点有了人情味。可是她不是他们真正珍惜的，就像今天，她被缚在冰网中，其他人乘人之危，让她成为大家的笑柄。

皇室之谜

银狐大人修长的五指拉拽着银丝,口中念着咒语,冰网上迅速结了一层薄冰。

如此封闭起来,纵使野栗恩化作瘴气也逃不出去。

"不要!"夏薇薇盯着野栗恩那张痛苦到扭曲的小脸,猛地奔向银狐大人,抓住了他的手。

"野栗恩帮过我们,她是我们的朋友。"夏薇薇目光坚定地看着银狐大人。就算野栗恩极为不洁,可是从头到尾,她不曾害过他们。

况且,如果她真的是一团瘴气化成的,那也是她自己无法选择的。就像自己和植安奎虽然因为黑钻高塔的坍塌而受到污染,心地的善良纯洁却是不曾改变的。

野栗恩挣扎的动作滞了下来,她的心被触动了一下,尽管那么轻,却足够融化那层坚冰。

银狐大人细长的眸子眯了一下，他恍惚从夏薇薇的眼中看到了一种光。

当他被压在祭台之上等待承受剥皮之苦时，还是少女的卡迪娜王妃也是如此抓住了行刑者的手，坚定又温柔的眸子盯着银狐，声音如同天籁："侍衣仙狐是我们的朋友。"

"刷"的一声，冰网迅速撤去。

野栗恩无力地倒在冰面上，狂咳起来。

夏薇薇感激地望着银狐大人那张波澜不惊的脸庞，他冰冷的外表下原来有一颗温情的心。

野栗恩紫瞳颤抖，她不能违背狄奥多西的意愿，她也不能不顾与夏薇薇之间的情谊，她很纠结。趁现在！

她握紧黑蝴蝶剑，双眼如炬，对准夏薇薇的心脏位置猛地刺过去！

狄奥西多要她的心！她就必须取来给他！

夏薇薇本来闪着笑意的眼睛注意到朝她刺来的黑蝴蝶剑，变得极为诧异和惊恐，她下意识地往后躲。

跟野栗恩想的一样，植安奎驱动着强烈的红宝石光，银狐驾驭着锋利无比的冰针——全部都朝着野栗恩扑去。

达文西忙不迭地抱住了夏薇薇的身子。林沐夏也站了出来，温润如同君子的他向野栗恩投去谴责的目光。

痛，野栗恩浑身无一处不痛得彻骨。

她摇摇欲坠的身子被逼到山崖，下面是万丈深渊，她踮起脚尖，身子直直地往后倒去。

下坠的瞬间，她感到从未有过的轻松，与其违拗心意在夹缝中生活，不如一了百了。

一抹笑容荡漾在唇边，野栗恩笑了。

冰崖上齐刷刷地站着一排人，看着野栗恩坠下悬崖，一抹说不清道不明的哀伤情绪笼罩过来。

"那个臭丫头才活该呢！夏薇薇救了她，她非但不知恩图报，还想害夏薇薇！"达文西气愤地骂了一句。

没有人接他的话。

银狐大人的目光黯淡下来，发力的那一瞬，他感觉到了野栗恩的妥协。这个丫头早料到大家会全力以赴保护夏薇薇，故意寻死的吧？

这世间总有太多无奈，银狐大人摇了摇头，纵使他明白，却不会挑明。

气氛很压抑，达文西摇首叹气，他瞥了一眼手里的魔镜，这是从思嘉的小屋里偷出来的，可以辨别真身。

达文西偷偷地将魔镜转向银狐大人，小心翼翼地看着镜子。

咳！

一只毛茸茸的狐狸头在镜子里显现出来，光滑雪白的毛发、晶亮的琥珀色眼眸、尖尖的狐狸耳朵煞是可爱。

原来他不是鬼魂，竟然是一只狐妖。

可奇怪的是，镜子里白雾缭绕，分明不是妖气，倒像是仙气。

达文西正准备把镜子挪向夏薇薇，看看仙气到底是什么模样。

"痛！"他的手腕被银狐大人一把抓住了。

"喜欢偷窥？"银狐大人轻轻一笑，凑到达文西耳边问道。

"我错了，我错了，我错了还不成嘛。"达文西"啪"的一声合上镜子，战战兢兢地立在一旁，不敢动了。

林沐夏在一旁看得瞠目结舌，他从未想过达文西会被银狐大人给收拾得如此服帖。

"罚你拿着那破镜子把我这冰山上的草木研究个遍,一个时辰内交不出成果,那我只好亲自送你去寻刚刚那坠崖的小丫头。"银狐松开达文西的手腕,唇角笑意不减,声音却威慑力极强。

"是是是!"达文西早就吓出了一脊背的汗,他小鸡啄米似的连连点头。

林沐夏在一旁暗自摇头,这冰山上可有草木?达文西这次又惨了。

"你可准备好听我说了?"银狐大人的美目朝夏薇薇看去。

植安奎悄悄地捏捏夏薇薇的手,示意她过去。

静静的冰室里。

夏薇薇有些局促地立在门边,有几分惧怕地看了一眼银狐大人:"无论你跟我说什么,总之,我是不同意换心的。"

一抹笑意在他脸上化开来,他不过是吓唬她,她倒是当真了。

"任性的小妮子,你妈妈绝不是故意要离开你的,她是被逼无奈。"银狐大人掀起袖袍,优雅地坐在冰床上。

夏薇薇的心突突地狂跳起来。

"你知道些什么?"她盯着银狐,关于妈妈的事情,她知之甚少。

银狐大人垂下眼睑,记忆里那些温情的画面在脑海中不断浮现。

她手持线球,浅笑盈盈地逗弄着它,温柔的指尖拂过它的毛发。身为侍衣仙狐,那是它最无忧无虑的时光。

后来,她成为了"彩虹之穹"的王妃,他们曾经分开过一段时间。

再后来,她怀上了宝宝,回到云哆亚星待产。

"夏薇薇一定是最漂亮的宝贝,女巫说她骨节比一般孩子的长,以后定是美人胚子。"卡迪娜王妃眼角弯弯,笑容灿烂。她的膝头上放着刚刚缝制好的小衣服,上面绣满了可爱的红蔷薇花。

它就静静地听着,隐约明白,那个夏薇薇跟它是不一样的。她对她的爱，胜过一切。

"夏薇薇有六个表兄姐，她是最小的，以后她的哥哥姐姐也会帮我好好守护她的。"卡迪娜总是洋溢着满足的笑容。

从那个时候起，银狐大人就下定了决心，卡迪娜王妃想要守护的，他也要守护！

直到有一天，生下孩子不久的卡迪娜王妃回到了"彩虹之穹"。因为她在云哆亚星的时候，总是每夜每夜地头疼。

她总是听到海底鲛人的哭泣声，这种声音无处不在，整日整日地折磨着她，彻夜难眠。

银狐大人看着她一天又一天地憔悴下去，却又帮不上忙。

他陪着她去见白尼斯杜特尔兰国王，看见卡迪娜王妃跪在"彩虹之穹"的殿宇里，声泪俱下地求国王赐给鲛人明珠，救他们一命。

"天界不可干涉人间，鲛人们推动了泉眼，是他们罪有应得。卡迪娜，你不能总是如此悲天悯人。"国王走下宝座，牵起卡迪娜的手。

他看见卡迪娜嘴唇颤抖着，眼神中似乎有千言万语，但在与国王坚决的目光对视时，终究一个字都没说出来。

后来，国王为了博取卡迪娜的欢心，竟然要用侍衣仙狐的皮做成衣服送给王妃。

在他被押到断头台下，卡迪娜王妃出现了，她当着所有人的面恳求国王饶了银狐，并且从此废除用狐裘制衣的规矩。

国王答应了王妃修改天条，同时也禁止她再提出有违天界规矩的要求。

鲛人的哭泣、哀求声依旧在卡迪娜脑海中不断响起，到了后来，她每天晚上都做噩梦，梦见死掉的鲛人睁大眼睛，哀怨又愤怒地盯着她，身边到处都是臭烘烘的鱼皮和尸体。

鲛王塞涅卡更是亲自到"彩虹之穹"求助，换来的是更严酷的惩罚。他被诅咒，他的妻子将会最终背叛他。这也是为什么塞涅卡一直不愿意给伊丽丝王妃之位的原因。尽管如此，他还是没能阻挡伊丽丝盗走夜明珠换取青春的背叛，也未能阻止儿子曼耶华痛恨他。

终有一天，卡迪娜王妃无法忍受折磨，她偷偷地逃离"彩虹之穹"，潜入了东海。

夏薇薇听到这里，大眼睛里满含泪水，她顿时明白了为什么鲛王曼耶华会咬定她就是斯卡汀娜的化身，那个住在蓝色海螺里的神秘女子，其实是她的亲生母亲——卡迪娜王妃！

"那她为什么不带我走？帮了鲛人后为什么不再回来？"夏薇薇大声质问道，"你不知道爸爸有多难过，我常常看见他孤单地站在天台上，眼神落寞极了。我是爸爸一手带大的，妈妈在我的生命里，只是个模糊的影子！"

"如果我说，是你小心眼的爸爸阻拦了你妈妈呢？"银狐大人目光极冷，在他心目中，白尼斯杜特尔兰国王是一个中规中矩的人。若不是他死守天条，漠视人间疾苦，所有的事情就都不会发生了。

"你说谎！爸爸的枕头下压着妈妈的照片，他半夜说梦话会喊出妈妈的名字。"夏薇薇大声辩解着。如果不是妈妈抛弃了她和爸爸，就不会有那么多痛苦了。

"你可知道鲛人的那对夜明珠是怎么来的？"银狐大人神情激动，他发怒地反问夏薇薇。

"卡迪娜王妃不是不想回来，那对夜明珠是她的眼睛。"银狐大人的脸色愤怒，他只要想到卡迪娜王妃的那双清澈温柔的眸子，内心就开始阵阵抽搐，"'彩虹之穹'不会接受一位失去双眼的王妃。当她什么都看不见，匍匐在地上求'彩虹之穹'开启天门时，国王拒绝了。"

银狐大人下巴微抬，居高临下地看着浑身发抖、惊得一句话都说不出口的夏薇薇，一字一句地问道："现在，你明白了吧？"

　　空气顿时凝滞了。

　　夏薇薇忍不住悲泣，连忙捂住嘴巴，只有眼泪从她的眼角滚滚而落。

　　她可怜的妈妈，失去双眼的妈妈，怪不得当她看到那对夜明珠时，心会那么痛，会不自觉地泪流满面。

　　"我妈妈在哪儿？"她咬紧了下唇。逃离了东海的斯卡汀娜，她在哪儿？

　　"没有人知道，她的故乡在云哆亚星，你可以到那里寻她。"银狐大人无力地垂下头，一口血气直往上涌。

　　昨夜偷偷在"彩虹之穹"查看皇室秘档，他遭五雷轰顶，五脏六腑早已被击碎，只有气息尚存。

　　"答应我，如果你们能再相见，要好好照顾你妈妈。她这一生最爱的就是你。"银狐强忍着身体的剧痛，双手抓住夏薇薇的肩膀，双腿几乎站不稳。那绝美的脸上的笑容，依旧魅惑倾城。

　　夏薇薇鼻端一酸，她竟然从来不知道妈妈不在是因为她无法回到"彩虹之穹"。

　　银狐大人看着夏薇薇为之动容，知道她心里已经谅解了妈妈大半，他心中的重石也算放下了。

　　一道璀璨的白光在冰室内绽放，银狐大人银发纷飞，纵身跃入冒着寒气的冰水池里。

　　"银狐大人，你……"

　　夏薇薇吃惊地看着冰面冒出的丝丝白气，这冰水千年不冻，却都是可以将人冻碎的魔药。银狐大人这纵身一跃，还会有活路？

吱吱吱，几声狐狸的叫声响起。

一只通体银色的小狐狸从寒冰池里钻了出来，银色毛发出水即干，一双灵气的琥珀色眸子望着夏薇薇。

"银狐大人？"夏薇薇怔了一下，试探着伸手去摸他。

银白色的小狐狸微微颔首，在夏薇薇的掌心蹭了一下，四脚一弹，跃上冰床，前爪对着上面的机关按去。

一阵轱辘声响过，冰门被打开了，神色担忧的植安奎等人疾步冲了进来。

小狐狸的嘴巴里缓缓吐出一道蓝雾，渐渐地，一只闪着蓝色幽光的珠子从他口中吐出，晃悠悠地悬在半空中。

"幽水冰蓝珠。"植安奎顿时明白了。

那珠子极有灵性，在空中打了个旋，便飞入夏薇薇口中。

她不由地打了一个激灵，温润湿凉的力道贯穿血脉，她的身体瞬间清爽了不少。

冰床上的小狐狸却紧紧闭上眼睛，窝在床上不再动弹。

"银狐大人，你没事吧？"夏薇薇担忧地扑过去抱住他。

"他进入了深度睡眠状态。幽水冰蓝珠是银狐的功力所化，他把珠子给了你，怕是要清修多年才能再凝结出一颗。"林沐夏拦住夏薇薇，他垂下眼睑，悲悯地看着趴在冰床上的银狐。

"真是可爱啊！若是他愿意，我倒想带走他，养在身边。"达文西双眼冒出桃心，花痴地盯着银狐。

然而，丝丝血迹从小狐狸的嘴里溢了出来，冻在病床上艳若蔷薇。

他五脏俱损，又舍了安身立命的珠子。元气大伤的他只能变回真身，一只侍衣仙狐。

他一世妖娆，此时却这般落魄，怎能让人带回去圈养？他是恨透了被圈养不得自由的苦楚。

银狐用尽身体最后的一丝力气从冰床上挣扎起来，前爪压在机关上。

山洞剧烈地晃动起来，冰块哗啦啦地往下掉。

洞口的冰门也开始缓缓掩上。

"快走！"植安奎环视了四周，银狐是启动了冰室的自爆装置。

他一把拉起震惊的夏薇薇，大家急忙朝洞外奔去。

轰隆一声，他们刚刚逃出冰室，山顶一角便塌陷下去。

"银狐大人……"夏薇薇意识到了银狐将自己葬在了山中，声音哽咽。她感觉到了胸口强有力的心跳，那心跳声从未如此清晰而有力。可想到他为了她放弃了自己，再也忍不住，转身伏在植安奎肩上哭了起来。

"这小狐狸怎么就这么傻呢！他再修行几年不又变回来了吗？"达文西望着眼前的废墟，想到冰崖上的绝美银发男子就这样死去，恨得咬牙切齿。

植安奎闭上了眼睛，银狐吐血之时，他就知道银狐活不过来了，必定是受到过极大的创伤，五脏俱损的缘故。

纵观天下，能把千年仙狐击溃成这般模样的，除了"彩虹之穹"，怕没有别人了。要是能从这冒险旅途中抽开身，真应该去找"渡鸦会"的长老们问问事情的来龙去脉……可是，"彩虹之穹"的皇室有太多太多的秘密，不足与外人道。

林沐夏心里疑惑，按说银狐大人有千年修行，不会失去珠子就夭亡。他侧头看向植安奎，只见他面色阴沉，像是已经有想法了。

"这里不是久留之地，我们这就去云哆亚星球。"植安奎浓眉紧锁，语气坚定地说道。

夏薇薇最后看了一眼冰山之巅，那里徒留了一片皑皑白雪。

千万年来，莫不如是。

又有谁会记得曾经有一位傲然独立的绝色男子，银发飞扬。

第8章
戴着面纱的奇怪女子

🚶 迷雾森林
🚶 恶魔公主露娜现身

【出场人物】
达文西，植安奎，林沐夏，夏薇薇，斯卡汀娜，
从不笑的猫，恶魔公主露娜

【特别道具】
从不笑的猫

迷雾森林

要去云哆亚星必然要渡过暗夜之河,而摆渡人狄奥西多是极为贪财的人,林沐夏等人只好先到渡口处暂行歇息打点。

夏薇薇服用了幽水冰蓝珠,身体与珠子虽然还未完全相合,总是犯晕,但是却一日好过一日。

这日阳光灿烂,夏薇薇经历了黑沙漠的阴霾和喜马拉雅山的天寒地冻,难得有机会换上一袭长裙,享受这难得的好天气。渡口小屋后有一片翠绿的密林,夏薇薇来了兴致,便拉着达文西一起来到密林里闲逛。

鸟儿啾鸣,嫩草叶上沾着晶莹的露珠,看得人心情格外畅快。

"对对对!噘嘴噘嘴!"达文西扛着一架单反相机,指导夏薇薇坐在大树下摆出芭比娃娃造型。

啪啪啪,镁光灯闪过,夏薇薇的几张靓照就存在了相机里。

达文西穿着一件惹火的豹纹超短裙,经历了黑沙漠和冰山之行,他更加瘦了,锁骨突显。他正文艺范儿十足地举着相机,对着摆出各种造型的夏薇薇狂拍。

"小夏薇薇，你等一下。"他忽然有了灵感，冲夏薇薇故作神秘地眨眨眼说道。

夏薇薇点点头。周围的树木湿凉，旁边有说不出名字的大叶花。夏薇薇摘下一片叶子垫在后背上，眯起眼睛靠在树上小寐。

时间一点点过去，夏薇薇等得不耐烦了。

达文西怎么还不来？她站起身四处看去，树林里缓缓吹来一阵浓雾，吸入鼻中格外湿润。

"救命！"她忽然听见了达文西的求救声。

"达文西，你在哪儿？"夏薇薇心里一惊，朝着喊声的方向跑了过去。

"啊——"丛林深处又是一声尖叫。

夏薇薇的心揪成一团，她看到四周飘来的越来越浓的雾气，就觉得有异常。

"咚"的一声，夏薇薇一头撞进了一个结实的怀抱里，她忍痛捂住额头。

只见植安奎满脸焦急之色，一见到夏薇薇，顿时松了一口气道："原来你在这里，我们听到你呼救的声音，都吓坏了。"

"我没呼救，是达文西他……"夏薇薇的话还没说完，达文西已经从植安奎身后跑了出来，同行的还有林沐夏。

"我回去想帮你找一顶帽子，没想到刚刚走出树林就听见你的尖叫声，恰好植安奎和林沐夏也在，我们就一起来找你了。"达文西抹了一把头上的汗水，着急地解释道。

"奇怪，我没有求救啊。"夏薇薇咬紧下唇，她四处看看，这密林里的雾气越来越浓，渐渐地连他们周围的地方都看不清楚了。

"咦，这地方怎么阴森森的？"达文西抱紧双臂，来回搓着，有些胆怯地看着四周。

"我们先离开这里。"植安奎拉住夏薇薇的手，沿着原路大步往回走。

这地方让植安奎不安，有种说不清的邪气。

然而，他们走了大约十分钟，前面除了大树还是大树，根本没有尽头。

大家又走了一圈。

"植安奎，这里有蹊跷。"林沐夏秀眉微拢，蹲下身子托起一朵被踩扁的野百合，看了一眼达文西说道，"这朵踩扁的花，我总共遇到过三次了。"

"你是说我们走来走去就是在这里兜圈子？"达文西气得直跳脚，他端起相机对着身边的风景拍了几张照片，怒道，"我们再走走试试，我就不信每次都只能回到这个地方。"

植安奎一咬牙，方向感良好的他完全可以确定他往回走的路是对的，除非这里有磁场干扰了他！

一片银色的星星沙在树林中闪烁起来。

"尊贵的客人，请跟我来。"伴随着热情又温柔的招呼声，一个戴着白色面纱的女子从密林中缓缓走来。她穿着一袭蓝色长裙，娉娉婷婷的姿态煞是好看，一头波浪卷黑发披肩而下，发梢处用一枚古簪扎起，温柔又不失妩媚。

夏薇薇觉得这女子端庄、贵气，只看一眼就让人产生好感。

"我们误入密林，希望您帮忙指路。"植安奎站到夏薇薇身前，警惕的目光盯着女子。她虽然来路不明，可是身上竟然没有一丝妖气，跟常人无异。

"我正是这个意思。"女子温婉地点点头，转过身，抬起白玉般的双臂在空中不断做出各种动作。

透过密林的阳光像是跳跃的精灵，在她指尖来回穿梭。

"你这是在变魔术？"达文西见女子动作优美又怪异，不免奇怪。

"让你取笑了。林深雾重，我眼睛看不清楚，只有借助阳光，我才能清楚地辨明方向。"女子轻轻一笑，大方地回答道。

他们说着话，一会儿便出了密林。眼前是一座小屋，红砖黄瓦，复古又温馨，只是那强烈的雾气丝毫没有散去，连卧室里都是朦胧一片。

"我是小屋的管家，从此以后有事找我就是。"女子将他们送到小屋前，交代了一声便转身离去。

"这小屋竟然有这么漂亮的女管家！"达文西躺到沙发上，一边拿着遥控器开电视，一边开心地说道。

林沐夏皱眉看了一眼达文西。那女子戴着面纱，整张脸都看不清，到底哪里漂亮？而且达文西一向对女性无好感，还是头一次听他赞美除了夏薇薇之外的女性。

"电视机怎么没信号？"达文西疑惑地看着电视机发出刺耳的嗞嗞声，连忙起身拍拍电视机。

"不仅仅是电视机，手机也没有信号。"林沐夏正准备给比尔打电话筹钱，但是手机竟然打不通。

"都累了吧？我煮了白芍茯苓汤，可以补气活血。大家来尝尝。"门被打开了，面纱女子端着一盆热腾腾的汤，朝着他们走了过来。

"好嘞！"达文西一听就欢快起来。他在树林里折腾了半天，早就又渴又累，现在这汤来得正好。

"慢着。"植安奎及时拉住了达文西的手臂。由于达文西跑得太急，被植安奎这么一扯，直接一个趔趄栽倒在了沙发里。

"莫慌。"女子见状，掩面笑了起来。

她将汤放到茶几上，落落大方地弯下腰去扶达文西。

"我们该如何称呼你？"植安奎眉头紧锁，他总觉得有些怪怪的，但是又找不出那女子的破绽。

"叫我阿姨便是。"女子点点头，将汤分到五个碗里，自己先端起一碗，撩起面纱一角喝完了，才笑着说，"你们既然到这里来，我必然善待你们，喝吧。"

她端起一碗汤，径直走到夏薇薇面前，送到她嘴边，示意她喝下。

夏薇薇紧紧盯着她，手指刚刚碰到碗，只感觉女子冰冷的手指乱颤。

"你怎么发抖？"夏薇薇心中疑惑，开口问道。

"我手指寒凉，怕冷着你，快趁热喝吧。"女子慌乱地摇摇头，一转身，端着托盘退了出去。

咕咚咕咚，达文西端起汤碗，几口喝尽了。

"味道真是不错，清新爽口，好久没喝过这么舒爽的东西了。"达文西喝完，拿起桌子上精致的点心，美滋滋地品尝起来。

植安奎走过去拿过夏薇薇手中端着的碗放回到茶几上，他神情严肃地看着达文西："我们跟这个女子并不熟，劝你小心为妙。"

"不会吧，我看她挺面善的。"达文西愣了一下。

"植安奎，我说不清楚，总之，我觉得她并不想害我们。"夏薇薇若有所思地坐到沙发上，双眼盯着碗里浮在汤上面的红枣和莲子。颗颗都晶莹饱满，是有心之人才会这么做的。

屋外的密林中，蓝衣面纱女子早已泪流满面，双眼模糊。

一只长着黑色羽翼的猫咪尖声叫着立在树枝上，它的口中衔着一卷密信。

女子连忙擦干眼泪，从猫咪口中取出密信，展开来看。

"密切监视夏薇薇等人，否则我立刻让云哆亚变成一堆废墟。"

女子将密信压在胸口，痛苦地闭上眼睛。自打她出生之时，便承载着"守护云哆亚星直到生命的最后一刻"的使命。

猫咪眨眨眼睛，露出邪恶的光芒，它挥舞着翅膀，扑棱棱地飞走了。

日子一天天过去，夏薇薇每日喝着面纱女子为她做的鸡汤鸭煲，身体圆润了不少。

达文西的心早就被女子掳获，整天围着她四处乱转。女子心性极好，从来不计较什么。

林沐夏十分羡慕她的厨艺，每日跟她出入厨房，脸上的笑容也逐渐多了。

只有植安奎始终冷冷地防备着她,他总觉得这个女人不简单。

"这是昨夜我给你缝制的衣服,我知道你从小就喜欢粉色。"女子将一个缎面盒子放到夏薇薇身边,语气温柔地说道。

"谢谢你。"夏薇薇打开盒子,只见铺满玫瑰花瓣的盒子里放着一件粉红色的蓬蓬裙,柔软的蕾丝边让人爱不释手。"好漂亮!"夏薇薇站起身,将裙子比在自己的胸前,在客厅里转着圈。

"你喜欢就好。"女子的声音明显欢愉起来。她局促地站起身,痴痴地立在夏薇薇面前。

她虽然看不见,却可以听到她轻快的脚步声,感受到在她身上躲藏跳跃的光影。

"你怎么知道我喜欢粉红色?"夏薇薇走到女子面前,感激地握住她的手。

"是……是达文西告诉我的。"女子的身体猛地一僵,她几乎把持不住,反手紧握住夏薇薇的手,声音颤抖起来。

"我就知道是他!"夏薇薇抽回手,十分兴奋地转身,对着一脸沉思的植安奎说道,"今天晚上我们开派对吧,这么漂亮的裙子在舞会上穿一定美呆了!"

"我赞同!"达文西高高地举起手,他也想好好放松一下。

"我也没有意见。"林沐夏也点点头。

"那好,今晚我们就来举办一场假面舞会。"植安奎眯起眼睛盯着白色面纱女子。他注意到,这个女人每次跟夏薇薇讲话的时候都会忍不住发抖。

"我来准备食物和美酒,大家今晚一定要尽兴。"面纱女子开心地说道,她迅速转过身,急急忙忙地去准备晚宴的食物。

"阿姨,我去帮忙。"林沐夏合上手里的报纸,跟着面纱女子往厨房里走去。

夜幕渐渐笼罩下来。

环绕在四周的雾气依旧不散，只把月亮笼出一层昏黄的晕。

更衣室里，夏薇薇端坐在高高的实木椅子上，面纱女子站在她身后，正小心翼翼地帮她编辫子。

"你说又帮我准备了一套衣服吗？"夏薇薇吃惊地看着镜子里的面纱女子，她万万没想到，原来那粉色蓬蓬裙只是一个噱头，真正的亮点在后面呢。

"对啊，你看。"女子笑盈盈地从背后拿出一个盒子，解开上面的蝴蝶结，一件白色的晚礼服映入眼帘，坠着钻石的肩带，腰间点缀着一点玫瑰金，看起来既复古又摩登，"喜欢吗？"

"喜欢！"夏薇薇开心地抱住衣服，眼角弯弯地看了一眼女子。

夏薇薇张开双臂，连着衣服一把搂住了女子的腰，声音软软地说道："你对我真好。"

女子的身体顿时僵了一下，她伸出手轻轻抚摸着夏薇薇那头波浪般的卷发。

她多想就这样拥着她，永远不要分开。

她被这突如其来的幸福感动了。

"好啦，他们该等急了。我们赶紧收拾好。"夏薇薇坐直身体，对着镜子做鬼脸臭美。

"我给你梳个美美的发髻，小夏薇薇要长大了。"女子一边柔情地说着，一边小心翼翼地将一个古铜色的发带箍在夏薇薇的头顶上，顺便插上一朵刚刚盛开的蔷薇花。

镜子里的夏薇薇美极了，她柔软厚实的头发自然地披散在肩膀上，红蔷薇衬着她娇艳的唇，高挺的鼻子，一双黑亮的眸子清澈如泉水，不带一丝杂质。

啪啪，夏薇薇听到耳边有水滴落的声音，肩膀被打湿了。女子抓住她肩膀的手越来越用力，几乎要弄痛她了。

"阿姨，你没事吧？"夏薇薇疑惑地扭头看着她，惊讶地发现，那水滴是从面纱里落下的。

她哭了吗？

"没事没事，只是看你突然长这么大，真是太开心了。"女子手足无措地松开她，声音有些沙哑。

"你这话真像我妈妈说的。"夏薇薇跟着笑了笑。

面纱女子的肩膀剧烈抖动起来，她一脸期待地看着夏薇薇。

"不过对我来说，有没有妈妈都无所谓的。"夏薇薇顿了顿，一脸满不在乎。

面纱女子立刻垂下头，掩饰住悲伤的情绪，把一旁的白色羽毛面具递给她说道："植安奎他们都在等着呢，不要迟到了。"

夏薇薇起身对着面纱女子行了个屈膝礼，笑容甜美地到试衣间去了。

等她从试衣间出来，整个人简直美呆了！

灯光顿时聚焦在夏薇薇身上，达文西举着话筒，高声宣布道："欢迎我们的夏薇薇公主殿下！"

布置得温馨典雅的大厅里，林沐夏、植安奎各站在楼梯两旁，他们抬起胳膊，优雅地等着夏薇薇下来。

夏薇薇姿态高贵地走下来，带着笑意将胳膊放到二人的肘弯里。

"无论如何，你一定要想办法让她摘下面纱。"戴着金色面具的植安奎面不改色，在夏薇薇耳边小声叮嘱。

"我知道了。"夏薇薇点点头。

"等那只长着翅膀的猫咪再飞过来，我安排的捕猫笼就会启动，一切安排得天衣无缝。"林沐夏语气轻缓地说道。

恶魔公主露娜现身

一首浪漫的舞曲缓缓响起。

面纱女子静静地站在餐桌旁,满心欢愉地看着在舞池里摇曳的三个身影。

夏薇薇有如此优秀的两个男孩子陪伴,面纱女子跟着开心起来。

曾经夏薇薇还是那么个小不点,躺在摇篮里咯咯地冲她笑,见到拨浪鼓就连连拍着小胖手。后来长大一点,也总爱撅着小屁股蹲在花园里,咿咿呀呀地数着五月盛开的蔷薇花。她从小就是个爱哭鬼,摔跤了从来不是勇敢地爬起来,而是往地上一坐,咧开小嘴就大哭起来。晚上睡觉,她爱从自己的小床上爬下来,偷偷钻到她的被窝里,把热乎乎的手掌放到她的脸上,这样才能安心睡着。

可是时间过得这样快,转眼间,她就长大了!

白尼斯杜特尔兰国王还好吗?

面纱女子想到这里,空洞的眸子又涌出泪水。

"现在我宣布，黑灯之后，大家互相摘下彼此脸上的面具！否则要受罚的！"达文西把手放在电源总开关上，大声宣布道。

面纱女子微笑起来，这群孩子真是爱玩。

眼前顿时一黑。

"阿姨，现在我们要摘下面具了，你也不可以戴面纱哟。"黑暗中，夏薇薇摘下自己脸上的面具，迅速走到面纱女子身前，说着就去摘她脸上的面纱。

"不不不！你们小孩子好好玩，我去给你们拿点心。"女子忙不迭地捂住脸上的面纱，连连拒绝，转身就要往后逃。

然而身后的路被一个高大的身子挡住了，植安奎目光锐利，紧盯着手忙脚乱的面纱女子。

"哗啦"一声响，面纱被夏薇薇扯掉了。

达文西应声打开灯，高声宣布道："现在让我们尽情狂欢！"

夏薇薇手里拿着一块撕碎的面纱，可是女子脸上依旧挂着白纱。

那面纱层层叠叠，根本不知道有多少层。

他们的计策失败了。

"对不起，你们玩着，我出去一会儿。"女子低下头，她极不自然地走出大厅，心被撕扯着发痛。看来他们办宴会是假，算计她是真。

夏薇薇看了一眼手里被撕碎的面纱，望着女子落寞的背影，心里想：我们这样做对吗？她可是忙了一整天，又赶做礼服又准备食物的，这下伤了她的心了吧？

植安奎态度坚决，他感觉到这个女子绝对不简单。

林沐夏早已趁着关灯的空当逃出了大厅，他带着精密的捕猫笼，潜伏在小树林里。

时间一分一秒地过去，林沐夏被蚊子咬得想哭，白皙的脸上起了好几个包。

扑棱棱一声巨响，林沐夏吓了一跳，抬头看去，只见一只猫头鹰立在树枝上，耀眼的双目闪着诡异的光。

林沐夏长呼一口气，他要抓的是长着翅膀的猫，可不是什么猫头鹰。

这时候，密林入口闪入一个身影，一袭蓝裙的女子左顾右盼，她悄悄地走到一棵古树下，确定四下无人，立刻吹起了口哨。

不一会儿，一只通体发黑的猫咪扑扇着翅膀立在了树枝上，面纱女子鬼鬼祟祟地从袖子里掏出纸卷，取下猫咪口里的竹筒，将纸条塞了进去。

啪！林木夏触动了捕猫笼的开关。

"啊——"面纱女子发出惊恐的尖叫声。

黑猫的双眼发出蓝光，它丝毫不惧地盯着飞过来的"不明飞行物"，发出刺耳的尖叫声。

"咚"的一声，林沐夏还没来得及看清楚发生了什么，捕猫笼已经冒着烟掉到了地上，摔得稀巴烂。

那黑猫唇角弯弯，得意地扑棱着翅膀扬长而去。

林沐夏忍不住倒吸了一口气，这可是用航天级的钛合金打造的捕猫笼啊！

头顶上传来窸窸窣窣的声音。林沐夏抬头，看到黑黢黢的枝头，一抹淡蓝色的荧光逐渐散开。

"斯卡汀娜，好久不见，别来无恙啊？"半空中突然传来极细的女声。

高大的树枝上隐约可以看见两条腿正优哉游哉地来回摆动。

林沐夏惊得心脏都要跳出来了，他左右四顾，看到戴白纱的女子正站在自己身后不远处。

原来头顶上那位，是在招呼戴面纱的女子。她叫她"斯卡汀娜"，原来面纱女子就是东海鲛族的王妃斯卡汀娜。

"露娜！"面纱女子停下脚步，猛地仰起头，声音发颤。

他见面纱女子如此惧怕露娜，不由得也跟着紧张起来。

"我此次来只是想提醒你，若是你敢瞒着我私自行动，我必定让你付出代价。"声音不大，却让人不寒而栗。

喵呜——

长着双翅的黑猫懒懒地叫了一声，树上的人探出一只雪白的手在它身上抚摸着。

"我知道了。"斯卡汀娜深吸了一口气，十分艰难地答应道。

"嗯哼。"林间传来满意的应答声，树枝颤了几下，腿和黑猫随即消失不见了。

斯卡汀娜双手掩住面庞，坐在树下平静了一会儿。

林沐夏猫着腰，想立刻把他所见到的事情告诉植安奎他们。

"孩子，出来吧。"温柔又悲哀的声音传来，林沐夏脚步一滞。

是在叫他吗？他的心猛地绷紧，几乎要跳出来。

"不要告诉夏薇薇，我会尽到最大努力保护你们。"斯卡汀娜哽咽着，缓缓站起来，转身离开了密林。

林沐夏瞬间石化。如果斯卡汀娜要害他，刚刚露娜在的时候必然会拆穿他。

他心情复杂地回到小屋，刚一进门，就被达文西一行人拦住了。

"抓到那只臭猫了吗？"达文西满脸期待地看着林沐夏。

"……"他有些无奈地看了一眼达文西，沉声说道，"捕猫笼失灵了。"

"那你被女巫阿姨发现了吗？"达文西紧张地问道。

"没有。"林沐夏犹豫了一下，回答道。尽管他没有答应斯卡汀娜的要求，但是心中有个声音想让自己维护她。

"真是万幸。"达文西点点头，他满眼失望地看着身后的植安奎和夏薇薇，耸肩说道，"那个女巫太厉害了，我们今晚一无所获。"

"我想大家都误会了，她不是女巫，或者她有苦衷，我们只是单纯地怀疑她，并没有证据表明她想伤害我们。"林沐夏大声抗辩。

植安奎目光警觉地看着林沐夏。

"你怎么胳膊肘往外拐啊！"达文西一听不对劲，撞了撞林沐夏说道。

林沐夏转身看着大家怀疑又警惕的目光，欲言又止，想了一会儿，终于承认道："好吧，她就是斯卡汀娜。"

"你说她是谁？"夏薇薇难以置信地反问道。

"是的，她有可能是你的妈妈。"

夏薇薇睁大眼睛，脚步慌乱地连连往后退去，身子不小心撞在了植安奎肩上。

"别激动。"植安奎感觉到夏薇薇的震惊，连忙凑到她耳边低声劝慰。

他一直都有所怀疑，但是得知真相后，心里还是忍不住一阵忐忑。

夜晚沉寂下来，夏薇薇抱膝独坐在房间里。

她的心乱成一团麻，一直期待的妈妈，如今就在身边。

可是她却没有勇气再去见她，各种怀疑、胆怯、怨恨、懊恼一齐涌上心头。

她到底对妈妈是有几分恨意的，哪怕银狐说了妈妈的苦衷，哪怕妈妈身负天下使命，可是妈妈终究是背弃了她。

咚咚，卧室的门被敲响了。

夏薇薇吓了一跳，连忙揩掉挂在脸颊上的泪水。

"夏薇薇，是我。"斯卡汀娜一如既往的淡定温柔的声音响起。

"进来吧。"夏薇薇闭上眼睛，心里一阵酸涩。

她就是我的妈妈，她就是我的妈妈……

这句话一遍又一遍地在她的脑海中不断重复。

"今天我采了青蒿，给你熬了药水泡泡脚。"斯卡汀娜单膝跪在地上，伸手在端来的水盆里来回搅着，水温刚好适宜。

"我不想要药汤泡脚,我要清水!"夏薇薇从膝盖上抬起头,她强压住颤音,语气不快地嚷道。

斯卡汀娜微微一怔,夏薇薇虽然任性,却从未曾对她如此不礼貌过。她不由得担忧起来,莫非林沐夏把一切都告诉她了?

她满脸狐疑地端着药水出去,换了一盆清水,刚刚走进夏薇薇的卧室,便感觉到一阵强光照射过来。屋子里却静悄悄的。

"夏薇薇,你睡了吗?"斯卡汀娜试探地问道。

"没有。"夏薇薇答道,她抬头有些紧张地看了一眼植安奎。他藏身在房梁上,高举着红宝石,屋子亮如白昼。

斯卡汀娜点点头,把水盆放在夏薇薇床边。

就在她低头的那一瞬,夏薇薇的目光立刻盯住被宝石光芒笼罩的水盆。

心瞬间跌入谷底,夏薇薇忍不住低声呻吟起来。

倒映在盆子里的那张脸竟然如此可怖!

"再不洗,水就要凉了。"斯卡汀娜丝毫没有意识到面纱后面的脸已经被夏薇薇窥见,依旧语气温柔地劝道。

夏薇薇面色苍白,她猛地往床的一角缩去,惊恐地抱住了双膝。

植安奎见状,立刻从房梁上翻了下来,他跃到夏薇薇的门口,敲了敲门框说道:"阿姨,我有事跟夏薇薇单独谈谈。"

斯卡汀娜犹豫了一下,缓缓站起身,绕开植安奎走了出去。

"你看见什么了?"植安奎疾步走到夏薇薇床边,拍着她的肩膀急切地问道。

红宝石光太强,他实在看不清盆子里的倒影。

"她不是我妈妈!"夏薇薇浑身发抖,猛地扭头扑在植安奎的肩膀上大哭起来,"她的脸上布满黑色的疤痕,眼眶里是空的。她简直是魔鬼!"

植安奎轻抚夏薇薇后背的动作顿时停了下来。如果她的眼睛是空的，那正验证了银狐大人的话，卡迪娜王妃潜入到东海鲛族，用自己的双眼化作夜明珠，净化了东海。

斯卡汀娜就是卡迪娜王妃，她们是同一个人！

那个寄住在海螺里的鲛人王妃，就是卡迪娜！

看来，对于夏薇薇来说，云哆亚星之行不可避免。

温情和危险，似乎就隔在薄薄的一层面纱之后，等待着被掀开。无数的疑问和秘密，也将一一揭晓。